AR MUIR IS AR SLIABH

DERMOT SOMERS

Cois Life Teoranta
Baile Átha Cliath

Sonraíocht CIP Leabharlann na Breataine. Tá
taifead catalóige i gcomhair an leabhair seo ar fáil
ó Leabharlann na Breataine.

Tá Cois Life buíoch de Bhord na Leabhar
Gaeilge (Foras na Gaeilge) agus den Chomhairle
Ealaíon as a gcúnamh.
An chéad chló 2009 © Dermot Somers
ISBN 978-1-901176-97-1
Clúdach agus dearadh: Alan Keogh
Clódóirí: Beta Printing Services
www.coislife.ie

San Aer

D'fhág Brian an eiteog ar an talamh is shiúil chun an imill. Rad an ghaoth in airde agus ba bheag nár caitheadh siar é. Ghlac sé seasamh cleachtaithe: fear óg ag faire dúshláin, a chloigeann dorcha ag casadh go mall. Níorbh aon mhaith dó a bheith ag preabadh timpeall ina ghealt. Meas dá laghad ag an gceamara ar a leithéid. Bhí na cosa scartha ionas nach mbeadh sé ina chuaille ildaite sa radharc. É dóighiúil, deachumtha, bhí taithí aige ar an gceamara ó mhainicíneacht spóirt, gan trácht ar shraith teilifíse na hAstráile… nár mhaith leis trácht air le fírinne.

An radharc sin déanta, thóg an ceamaradóir an seat scoite: radharc leathan an chósta, an tsúil ag breathnú thar muir is thar tír, ag súmáil isteach go práinneach ar an sprioc: Cnoc na Riabh ina choirceog chruinn lastall de chathair Shligigh, Meascán Méabha ina chnaipe néata ar a dhroim. Tuama meigiliteach. Chroch Brian ordóg is chum meangadh dearfach nár tháinig go hiomlán óna chroí. Bhí amhras oscailte ar éadan Steve, a mhoing á séideadh ar leataobh, é ceangailte de charraig mar a bheadh gabhar á íobairt.

1

'Ar mhaith leat píosa a rá?' a d'fhoghraigh seisean, gan fuaim, chun a thuairim faoi neart na gaoithe a léiriú. Ach bhí sé in ann tarraingt siar leis an gceamara agus fothain a aimsiú, Brian ar a ghogaide os a chomhair, cósta Shligigh leata amach laistíos, ullamh chun é a chogaint is a chaitheamh amach ina sheile. Culaith éadrom air, dearg is gorm, cruinnithe isteach ag rostaí, básta, rúitíní. É cúpla ceintiméadar faoin meánairde, cruth na haclaíochta air, bhí Brian in oiriúint nádúrtha don lionsa.

'Má mhaireann an ghaoth ní bheidh ann ach céim chirce,' a mhaígh sé. 'Fad is nach dtagaim anuas san fharraige. Níor mhaith liom Icarus a dhéanamh díom féin. Sea, tá's agam go bhféadfainn pocléim a thabhairt ó Halla na Saoirse nó Aillte an Mhothair ar son na poiblíochta, ach is fearr liom Binn Ghulbain ná barr ar bith. Coimhthíoch, mar a bhéadh *mesa* Spáinneach, agus an rinn ingearach nach mór. Meascán Méabha thall tógtha sa Chlochaois le landáil air. B'fhearr liom tuirlingt ar imleacán banríona ná ar stráice tarra, geallaimse duit…

'…ní dhearnadh cheana é, ach ní hé sin an t-aon chúis amháin. Braithim nasc idir Gulban agus Cnoc na Riabh, cé go bhfuil siad breis is deich gciliméadar óna chéile. Tháinig mé anseo le m'athair agus mé i mo ghasúr. Shroicheamar an dá phointe an tráth úd, agus shiúlamar an talamh eatarthu; ba mhaith liom iad a nascadh arís.'

Chas sé le breathnú amach. Bhí titim ingearach díreach faoina chosa; laistíos arís bhí fána rite ina naprún clochach ar feadh na gcéadta méadar. Níos doimhne fós, páirceanna, crainn, ballaí ag scuabadh amach i dtreo an chósta, tithe Lego ag léiriú líne an bhóthair cois chladaigh. D'fhoghlaim sé a cheird aerga ar ardchlár Spáinneach. Ach ní raibh an *mesa* úd leath chomh rite le rinn Bhinn Ghulbain. Dá dteipfeadh ar an mbrat droma anseo thitfeadh Batman na céadta méadar ina lumpa luaidhe. Nó dá mbeadh an ghaoth róláidir shéidfí siar i gcoinne an imill é. Cuisle amhrais ag preabadh i gcloigeann Bhriain, a chuid misnigh ag lorg leithscéil. Shrac sé a shúile in airde ón bhfolús is d'fhéach díreach amach os a chomhair. An tAtlantach glé, glinn, trí mhíle siar uaidh, scamaill ag bagairt ar fhíor na spéire, tonnta cúracha ag briseadh ina gcaschuair ar thránna Shligigh.

Nár mhéanar dó a bheith ag tonnscinneadh thall ar thrá Lios an Daill le Lise agus an fhoireann, ag soláthar seatanna don cheamara aon uair a thiocfadh tonn shonrach? Dá dtiocfadh... Deacair é sin a mhíniú don stiúrthóir agus a sceideal aige. Marcas, an bas, ag iarraidh a smacht féin a bheith aige ar an sraith ó thús: Brian sásta gan bacadh le sceideal ach an aimsir a leanúint. Bheadh an fharraige leadránach inniu, gan de bhua i ndiaidh an lae ach réiteach níos fearr le Lise b'fhéidir. Ach lá léime thar lá ar bith dá bhfacthas riamh… Mearamharc ar an spéir, na scamaill ag carnadh. Ní bhfaigheadh sé an dara seans.

Le seachtain roimhe sin bhí an aimsir loiscneach, gan ghaoth ar bith chun an tír a fhuarú. An talamh dóite. Le héirí na gréine inniu, gaoth na mara ag dul i dtreise le linn na maidine. Séideáin theirmeacha ar mire dá bharr. Díonta na cathrach ina radaitheoir fairsing chomh maith, an t-aer ag scairdeadh go hingearach os a gcionn. Agus é oilte ar an ealaín, sa Spáinn agus san Astráil, thuig Brian céard a bhí ag tarlú.

Rith a dhualgas ina gha amhrais leis arís. É ag díriú ar sprioc phearsanta nuair a bheadh sé féin is Lise ag obair le chéile mar phéire láithreoirí. Níorbh aon lánúin iad ach éan is iasc. Bheadh aidhmeanna dá cuid féin aici, straitéis chliste chun iad a chur i bhfeidhm. Teannas eatarthu ó thús. Tonnscinneadh mar shampla, a thaitin go mór léi; ní raibh ann ach athsheinm, ruathar i ndiaidh ruathair dar le Brian. Dhéanfadh sé na seatanna úd lá eile. Ar aon chuma bhí píosa scannáin cheana féin i seilbh Mharcais ina raibh Brian crónchraicneach, blaoscbhearrtha, glan as a mheabhair. Bondi na hAstráile, trí bliana ó shin.

Ní thiocfadh a leithéid seo de lá arís in Éirinn. Claochlú tuartha ina dhiaidh. Ardú éachtach ar fáil dá bhféadfadh sé cur chun siúil. Dhírigh sé ar an séipéal beag ag Droim Chliabh, an chéad mharc, cúpla míle ó dheas, an túr eaglasta i measc na gcrann mar a bheadh cuaille geata i lár sceiche. Aiteas éigin ag baint leis de bharr na huaighe úd. A athair a thaispeáin dó é is a d'fhág nathanna éagsúla aige a bhí nasctha leis. *Tuigim go bhfuil mo chinniúint romham/ lastuas i measc na scamall ard...* Chruinnigh sé a mheabhair chuige ón seachrán. Thar chuan Shligigh i ndiaidh na heaglaise úd, ag coinneáil leis an airde, an sprioc díreach os a chomhair. Ba leor mullach na coirceoige a bhaint amach, ach b'fhearr fós teacht i dtír ar an gcarnán féin, mar a bheadh fabhcún ar an bhfara. Cearc ar choca féir?

'Léim Bhriain' a thabharfaí ar an eachtra feasta, b'fhéidir; shílfeadh daoine gurbh é Brian Bóramha a rinne. Ní raibh sé de nós ag Éireannaigh léim ó bhinn go binn a thuilleadh. Gaiscígh na bhFiann faoi dheifir. Naomh nó dhó, diabhail sna sála orthu. Sagairt ag teitheadh ó *redcoats...* Níor tharla eachtraí ach san anallód agus in imigéin amháin.

***

San aer... ag éirí. Ag lingeadh, ag broimseáil, ag pocléim ó shéideán go séideán gan smacht. Chaithfeadh sé an airde a shaothrú... Chas go fiabhrach is chlaon isteach chun an imill arís. Ansiúd, i gcoinne na haille, bhí na tonnta aeir ag éirí is ag suaitheadh go tréan, mar a

5

bhíodh de ghnáth. Ach iad a thréigean lá eile, rachadh an t-eitleoir síos, síos gan séideán amuigh sa ghleann chun é a ardú arís. Inniu, bhí beiriú fuinniúil san aer. Shín sé a chorp amach go teann ina úim uchta chun an fricsean a mhaolú, ag luascadh ó thaobh go taobh mar a bheadh sé ar rothar gan troitheáin. Loch os a chomhair, scinn sé soir ó dheas i mbéal Ghleann an Chairthe, an treo mícheart ag bagairt air. Deacair filleadh ón gcamchuairt. An domhan ag lúbadh is ag luascadh faoi. Ní raibh sé riamh in aer chomh garbh, chomh puinseálach. Ach é ag sleabhcadh anuas go mall, in ainneoin na hiarrachta, mar a bheadh snámhóir ag dul faoi.

Seabhac gaoithe ag ainliú amuigh ar dheis, á ghrinndearcadh, sciatháin ar lánleathadh, gan ach faobhair na gcleití ag bogadh. I bhfad thar a ghnáthraon ach fós ag dul in airde de réir mar a shleamhnaigh Brian i dtreo an ghrinnill. Chrom sé amach ar dheis. Neartaigh fuinneamh an aeir go tobann faoi, seoidire á shracadh aníos i gcoinne na domhantarraingte. Chuir an chumhacht scéin air go dtí gur réitigh sé é féin. B'in a bhí á lorg, sruth teirmeach in airde… ach shleamhnaigh sé ón ngreim trí bhotún is chlaon chun talaimh arís.

Thum sé isteach ní b'ísle sa sruth guairneáin agus ghabh timpeall i gciorcal teann. Bhí sé ag éirí le gluaiseacht gharbh scriúála, a raon ag leathnú is ag cothromú le gach timpeall a chuir sé de. Bhí an oiread teannais ina ghéaga is a bheadh ag rith in airde in éadan gainimh. Ansin bhí sé ag breathnú díreach ó thuaidh thar dhiallait dhonn an tsléibhe, ag stánadh ar leithinis an Mhullaigh Mhóir a bhí ina cnoba cruinn ar an gcósta ó thuaidh, trá gheal bhuí ar an dá thaobh de… airde gafa arís aige.

In ainneoin an áthais bhraith sé folamh. Ina aonar, gan chéile eachtraíochta chun an iarracht a roinnt leis. Sin mar a bhí le fada, an t-uaigneas úd ag dul i ngéire ó bhliain go bliain. Lena athair féin a shiúil sé an droim laistíos nuair a bhí sé óg. Ba mhór aige an muintearas úd agus bhí caitheamh aige ina dhiaidh. De réir a chéile, ag taisteal dó, chuaigh sé le spóirt aonaracha, le guaisbheart – nuair nach mbíodh páirtí ar fáil ar dtús, agus, ina dhiaidh sin, toisc go raibh an ábaltacht ann.

***

An airde faoina ascaill, bhí sé ag dul i ngreim leis an eachtra – cé go raibh sé níos faide anois óna sprioc ná mar a bhí leathuair an chloig ó shin. Chuir sé cluas air féin. Geabaireacht na gaoithe, díoscán na fabraice, níolón ag geonaíl faoi ghairbhe an aeir is tuathalacht an eitleora. Sular léim sé chuir sé téacs chun na foirne ar an trá. Chaith sé deich nóiméad ar an gciumhais ag feitheamh. Freagra ó Mharcas á rá go raibh moill ar an bpíolóta.

Chreid Brian nach mairfeadh an ghaoth is chaith sé léim amach san fholús i dtreo Shligigh. Mí-ádh, ach nach raibh an eachtra féin níos tábhachtaí ná an taifead?

Chuaigh faitíos i ngreim ina bholg. An dtuigfeadh an t-amadán de phíolóta, lena chroiméal is a mhustar uaibhreach, gur ghá fanacht i bhfad amach uaidh? Conas mar a chuirfeadh brúchtadh síos an rótair isteach air féin? Tógáil a bhí uaidh… triomadóir ollmhór gruaige ag síobadh in airde, géasar rialta aeir ag éirí ina scairdshruth i lár an mhá mar a bhíodh san Astráil is sa Spáinn.

Rinne Brian dearmad ar an bhfoireann arís; bhí sé ag ardú chomh mór is ab fhéidir, ag fáinneáil sa cholún go bhfaca sé droim Bhinn Ghulbain thíos faoi, cruth chloigeann éin air. Bhí gob an chadhain sínte siar amach chun an phointe ónar léim sé. Bhainfeadh an chosúlacht gáire as ach go raibh a bhéal leata ina straois cheana féin le neart na gaoithe agus tréine a chuid iomrascála. Chuimhnigh sé gur múineadh dó gan streachailt ach a bheith ar guairdeall go héasca san aer…

Chrom sé ansin ó dheas chun an cuan a lorg, ordóg ingneach na Rosann, agus Droim Chliabh. Bhí cathair Shligigh spréite amach os a chomhair. Ní fhaca sé foirgnimh, eastáit, díonta, ach tranglam coincréite is cruach ina screathain gharbh ag líonadh an ghleanna ó thaobh go taobh, spuaiceanna séipéal ag gobadh aníos go teanntásach, fuinneoga ag sméideadh le gloine nimhneach.

An tAtlantach os a chomhair! Chuir an fharraige mhór imní air, rud nach n-admhódh sé d'éinne, é féin san áireamh. Bhí trá is cladach ceart go leor, ach ina dhiaidh sin amach…! Conas a d'fhéadfadh fáinleog gob a thabhairt ar an bhfolús úd ar a céad imirce di, gan tuairim aici céard a bhí lastall d'fhíor na spéire? D'iompaigh Brian a ghob féin i gcoinne na mara is mhúch an radharc ina chloigeann. Bhí sé scinnideach ina dhiaidh sin mar sin féin. Ghread sé leis go raibh bóithre, trácht, ballaí agus claíocha ag rith ar mire laistíos, agus gréasáin sreinge ar an talamh agus san aer. Gach ceann acu ina ghaiste deilgneach.

Cá bhfios nach scaoilfí raidhfil leis ó Ghleann an Chairthe? Ní fáilte a chuirfí roimh éan-fhear, nó fíréan fiú, ar na feirmeacha úd laistíos. Iolair Thír Chonaill ag straeáil ó dheas, drochamhras uanseilge orthu.

Bhí airde á géilleadh arís is é ag casadh ó dheas ar a chúrsa ceart, an sruth teirmeach tréigthe aige. An seabhac arís, fuarchúiseach, eolaí aerga, ag seasamh amach uaidh ar chaolchuaille aeir, triail éabhlóide á meas aige. Luigh Brian isteach i dtreo an éin is thosaigh ag faoileáil arís. Bhí sé ullamh don ardú an babhta seo, aer ag líonadh isteach ina eiteog is a scamhóga, a chorp féin ag dul in éadroime, tuiscint an tséideáin go haerach ina chnámha.

Fána réidh i bhfad laistíos, droimín ar a bharr, fáibhilí arda ina seasamh air. B'in an scairbh a sheol an chamghaoth in airde chuige. Bhí súil agus instinn ag teacht chuige, rud nár chleacht sé cheana mar a bhíodh eitleoirí eile sa spéir thar lear, gan le déanamh ach iad a leanúint ó shruth go sruth. Matáin agus teannáin an aeir ag síoraclú gan feiceáil; chaithfí iad a aithint ar dtús chun iad a mharcaíocht ar a thoil.

Bhí sé i bhfad as a réimse féin, ag dul sa seans. Gan inneall ná lián, nó fiú buaileam sciathán mar a bhí ag an éan. Chaithfeadh sé dréimirí na gaoithe a dhreapadh, na folúis eatarthu a shárú, a bhealach a dhéanamh céim ar chéim, ar foluain ó shruth go sruth faoi bhéal an aeir. Gliondar fíochmhar ina chloigeann go raibh fíoreachtra ar siúl, gur rug sé ar a sheans nuair a tharla. Bhí sé chun é a thabhairt chun críche, fiú dá mba trí dhánacht amháin é – gan de mhisneach aige teacht anuas sa chathair nó ar muir; gan tuirlingt áit ar bith ach ar Chnoc na Riabh féin.

San Oifig

A ceathrú chun a deich, dheifrigh Brian isteach in oifig an stiúrthóra i mBaile Átha Cliath. Solas liathgheal na cathrach trí na dallóga, na ballaí breac le pictiúir agus giltíní teilifíse. Iris seoltóireachta leata ar a glúine ag Lise. Dóchasach de réir nádúir, d'fhan Brian nóiméad féachaint an dtiocfadh athrú meoin uirthi. 'An bhfuil tú anseo le fada?' a d'fhiafraigh sé.

'A naoi a chlog. An t-am a dúradh liom.'

'A naoi!?' Aerach in ionad aireach. 'Ní bheinn ag brath ar Mharcas... Tograí eile le críochnú aige. Tá an fear sin faoi bhrú. An tsraith díolta go dian aige, tá's agat. Caighdeán nua, lucht féachana nua...' Meangadh íorónta air. 'Réalta nua!' Bhuail léas tuisceana é is theip ar an aoibh. 'Beidh orainn ár ndícheall a dhéanamh nó beimid uile thíos leis.' Chuir dúshlán na bhfocal tocht air féin, faghairt ar a chomhláithreoir, a bogha béil ina líne dhruidte. Conas a d'fhéadfadh sí a bheith chomh dian air?

'Ná tóg ormsa é!' ar sé, ag treabhadh ar aghaidh. Scairt gháire uaidh. D'aithin sé féin an aerthacht ann. 'Nach raibh sé déanach domsa inné!' Chroith sé a cheann.

'Buaic mo shaoil is gan d'fhinné ach préachán.' Ba léir gur cheap sí go raibh sé lán de féin, in ionad cathú a bheith air. Bheadh sé deacair cothromaíocht a aimsiú léi ar maidin. Maidin ar bith. Dhírigh na súile ar an iris. Lean Brian ag amharc go ceanúil uirthi, an folt chomh dubh go raibh iarracht de ghoirme ann. Ba dheas leis é agus a raibh de *faux*-fionn timpeall.

Chas sí go tobann. 'Bhí tú ag iarraidh mé a shárú inné; b'in a bhí ar siúl agat. Ná triail é sin arís, le do thoil. Ní éireoidh leat.'

Baineadh an oiread sin de phreab as nach bhféadfadh sé ach gáire eile a scaoileadh. 'Ní raibh rud ar bith…! Gabh mo leithscéal má…Céard is féidir liom a rá?'

'Rud eile,' ar sí, 'bhí do chara ag spiaireacht orm ar an trá.'

'Mo chara?' Ní raibh aithne aige ar éinne thall. 'Cérbh é?'

'Dorcha. Comhaois leatsa. Gruaig fhada.' Níor thaitin seisean léi ach oiread. Cibé duine a bhí ann. 'Thóg sé pictiúir díomsa, ach chuir Marcas stop leis.'

'Níl tuairim agam. Aithne aige ormsa?'

'Bhí sé do d'fhiafraí…'

Lig Brian thairis é. Ní bheadh sé cliste go leor. Bhí sí spréachta ar bhealach éigin nár thuig sé. Thit a shúil ar shraith pictiúr ar an mballa os cionn a chomhláithreora.

Marcas i ngreim, mar ba ghnáth, sna mná aitheanta, iad uile sna trithí gáire, duaiseanna á gceiliúradh. I lár baill bhí pictiúr de Bhrian féin. Ní bean aitheanta a bhí leis, ach cangarú marbh. Scian ina lámh ag Brian, stéig amh sa lámh eile. Baineadh freangadh as. Dá bhfeicfeadh sí an pictiúr, nó aon chuid den tsraith mhí-ámharach…

'Cén t-am ar shroich tú do leaba aréir?' Chun a hintinn a tharraingt treo eile. Ach tagairt dá leaba!

'Déanach. A bhuí sin duitse.'

'Mar an gcéanna.' Clabaireacht. 'Ach bhíos i mo shuí ag a sé ina dhiaidh sin.' Chuimil sé na bogóga faoina shúile gur chuala iad ag glugarnach.

Thug sí spléachadh fuar air agus bhain sioscadh as an iris mar a bheadh sí á sciúchadh. Ghoill doicheall ar Bhrian, ba chuma cad ba chúis leis. Bhí mná ag múineadh dó go mbíodh sé ina údar teannais i ngan fhios dó féin.

'Ní fhéadfainn ach dul chun an aerfoirt. Bhímis le chéile tráth…' Cén fáth go raibh sé á mhíniú? 'Ar aon nós,' a lean sé de ráig, 'd'iarr sí orm a leithscéal a ghabháil leatsa. Ní déarfadh sí cén fáth. Ar tharla rud éigin eadraibh?'

An meangadh sioctha arís. 'Ná bí chomh saonta sin, le do thoil. Thug sí fúm a luaithe a roghnaíodh mé. Ní raibh a fhios agam fiú cérbh í. Níos mó ionadh ormsa ná ar éinne eile faoin toradh. Ach a luaithe is a d'ionsaigh an b…an *duine* sin mé, bhíos deimhin de go ndéanfainn é.'

'Bhí a fhios agam gur tharla tubaiste nuair a ghabh sí a leithscéal.'

'Nach tusa atá braiteach! Agus sibh in aontíos is chuile shórt. Súil ghéar agatsa.'

'Ní raibh aon bhaint agamsa…' Corraíl ag teacht air.

'Dúirt sí liom go raibh sibh ar aon tuairim. Foireann chraolta leis na blianta, a mhaígh sí, nach scoiltfí as a chéile ag mo leithéidse.'

'Ó a dheabhail! Bhí sí ag ól.'

'Níos treise ná ól. Na súile ar mire. Ná fiafraigh díomsa…bhí tú féin i láthair.'

'Ag bord eile. Níor chualas tada!' Níor admhaigh sé gur ionsaigh Mirella é féin an oíche chéanna. Gheall sí é a thréigean dá nglacfadh sé leis an tsraith gan í. 'Thréigis bliain ó shin mé,' ba chuimhin leis a fhreagairt: 'níl a thuilleadh tréigin fágtha agat.'

Lean Lise uirthi. 'Gheall sí go mbainfeása díoltas asam dá bharr. Agus iarann tú orm a leithscéal a ghlacadh?'

'Scaoileann Mirella a béal is bíonn cathú uirthi ina dhiaidh. Ní ise a bhí ag labhairt. Pé rud a ghlac sí.'

'I mo thuairimse glacann daoine freagracht as a gcuid ráiteas féin.'

'Ach tá tú ag iarraidh ormsa freagracht a ghlacadh as an méid a dúirt Mirella?' D'ardaigh sé na lámha os comhair a éadain, na bosa chuici. Bhí sé de cháil air i measc a chairde go raibh sé go maith le mná. Tubaiste i ndiaidh tubaiste, dar leis féin; ceann eile faoi lánseol…Agus an conradh seo níos tábhachtaí dó ná rud ar bith dá ndearna sé riamh. Todhchaí nua i ndiaidh na fánaíochta.

'Níl fírinne dá laghad ann,' a d'éirigh leis a rá, scige neirbhíseach ina scornach. 'D'oibríomar le chéile tráth. Sciálaí réasúnta í agus í go maith ar muin capaill, ach ná hiarr uirthi allas a chur nó dul amach gan smideadh. Tá seantaithí ag Marcas ar Mirella…Agus táim cinnte go raibh fíorchathú uirthi ar maidin.'

'B'fhéidir é.' Boige amhrasach i nguth Lise.

'Cén fáth ná dúraís liom é seachtain ó shin?' Amhail is gurbh uirthi a bhí an locht!

'Cén fáth nár ghabh sí leithscéal liom go pearsanta? Agus tusa…nár rith sé leatsa ceist a chur? Bhraitheas í ag bagairt orm taobh thiar díot.'

'Ní raibh. Bheadh dearmad déanta aici ar an easaontas…'

'Easaontas?'

'OK, achrann. Bhí sí lánsásta bheith ag imeacht, geallaimse duit. Fear nua aici in Sydney. Bhuel, fear nua le breis is bliain. Aisteach, níor thaitin Sydney liomsa riamh. Éinne ar mhaith leat é a sheachaint in Éirinn tá sé thall ag feitheamh ort.'

'Tusa fós splanctha ina diaidh, tá súil agam,' arsa Lise, go díoltasach. 'Nuachtán inné ag iarraidh rud éigin eadrainn-ne a áireamh. Beidh siad ag feitheamh i bhfad.'

'Ní bheadh a fhios agat!' Brian d'athphreab. 'Tá a mhalairt de thuairim ag Marcas. Beimid cosúil le péire Panda sa Zú.'

Chonaic sé an ghnúis uirthi is d'athraigh treo. 'Ar thug sé faoi deara céard a tharla le Mirella an oíche úd?'

'Níor thug, ach ní bheidh moill ormsa á insint dó. Panda!'

'Ó abair leat. Bhí *fling* dá chuid féin aige le Mirella tráth. Tuigfidh sé duit.'

***

'Beidh sé garbh!' An chéad mhaidin dóibh, na trialacha ag tosú i gCill Mhantáin breis is seachtain roimhe sin. 'Péire amháin le roghnú,' a d'fhógair Marcas don slua. 'Beidh níos mó allais ná áilleachta ann.'

D'fhan Mirella san iomaíocht, agus mórán eile mar í. Griandath bréagach smeartha le smúit, fabhraí chomh tiubh le sás cuileog, bhíodar le haithint ag rith, ag rothaíocht is ag snámh go bacach. Dúirt meastóir amháin gurbh í an eachtra ba mhó a rinne siad riamh ná siopadóireacht i Nua-Eabhrac.

Bhí córas simplí ag Marcas dóibh siúd a glaodh ar ais i ndiaidh sórtáil gharbh na dtrialacha. Ollphuball roinnte ina cheithre chuid, ceamara agus agallóir i ngach cuid. Marcas ag preabadh ó láthair go láthair go bhfaca sé gach éinne uair amháin ar a laghad. 'De ghnáth,' ar sé le Brian, 'bíonn mianach sofheicthe. Níl aon bhábógacht uainn…na háilleagáin a thaitníonn leatsa, áiféiseach ar an scáileán.'

I rith an lae tharraing Brian aird Mharcais ar mhná óga a chuaigh i bhfeidhm air; cuid díobh lúfar, aclaí chomh maith. Níor spréach an stiúrthóir i gcás ar bith. 'Tá's agat go n-éireodh níos fearr linn le láireog fhuinniúil, gothaí trodacha is béal gáirsiúil uirthi. Tharraingeodh sí níos mó de lucht leanúna ná báb ar bith. Go háirithe dá gcuirfeadh sí béasa ortsa go poiblí.' Chuir sé monatóir ar siúl. 'Féach! Ise níos suntasaí ná éinne ar an bpáirc inniu. Spéic mhaith aici chomh maith.'

Ar éigean a d'aithin Brian í. B'fhéidir go raibh Lise feicthe aige le linn an lae, ach b'in an méid: feicthe. Bean óg eile ag treabhadh na timpeallachta. Ar an monatóir bhí sí lúfar, snasta. Rud éigin sa chraiceann, sna súile, sa ghruaig a las go lonrach. Bheifí ag súil léi arís dá rachadh sí as radharc. Normálta is suntasach san am céanna. Débhríocht.

'Fiabhras ciúin,' arsa Marcas, 'rud éigin ag dó laistigh. Beidh sí cruthaitheach, mura bpléascann sí. In am dom leid a thabhairt do na hiriseoirí.'

'Iriseoirí…?'

'Tá cairde sna meáin agam. Ná labhair le héinne ach iad. Beidh gach uile chabhair ar domhan ag teastáil chun aird a tharraingt ar shraith mar seo. An focal curtha amach agam go mbeidh sé ina chaor thine.'

'Ach níl éinne tofa fós…?'

'Is cuma. Beidh scéal ann má lorgaítear scéal. É a úsáid chun ár leasa, sin an ealaín!' Thug sé bileoga do Bhrian. Meastóir amháin ag úscadh méine: bhronn Lise féinmheas air, in ionad é a struipeáil de! Sea, tharraingeodh sí fir mheánaosta; aon rud eile? Gnéasacht aclaí a chuir sí in iúl don dara breitheamh. D'airigh Brian méanfach ina scornach. Cá bhfuair Marcas iad? Scuaine na bpinsean? D'aontaigh siad gur chuir sí an ócáid i láthair ar bhealach a thuigfeadh an gnáthdhuine; go raibh sí in ann taitneamh a bhaint as an timpeallacht agus misneach spreagúil a léiriú. Chuir Brian suas den leadrán.

In agallamh umhal bhí an spéirbhean ag maíomh go raibh meáchan le cailliúint aici is an t-uafás le foghlaim sula ndéanfadh sí gaisce ar bith. B'fhíor go raibh seoltóireacht is tonnscinneadh aici, marcaíocht chapall ar ndóigh… tumadóireacht scúba…sciáil chomh maith. Scéala ag dul timpeall ina taobh, bhí slua beag ag faire, cloigeann na bhfear á gcroitheadh á rá nach raibh oiread is unsa iomarcach ina craiceann mín aici. Sea, thug Brian faoi deara, bhí sí sách toirtiúil in uachtar: thaitneodh sé sin leo. Cumtha sna cromáin agus sna mása, suáilce eile. Agus greannmhar... Nó géar? Í ag adhaint na ndaoine ar aon chuma.

Chuir sé é féin sa bhealach uirthi. Bhronn sí gáire air agus rinne cleas leis na súile a bhí ina chuireadh nach mór, a shíl sé. Gheit a chroí. 'Ní thaitníonn sciáil liomsa,' ar sé, 'is fearr liom an clár sneachta. An bhfuil tusa oilte air?' Aerach, gan réamhrá. Amhras ina súile, d'fhuaraigh sí ar an toirt.

'Céard atá cearr le sciáil? Cé thusa? Agallóir féincheaptha?' Leamhgháire agus chas sí uaidh go dtí an chéad suiríoch eile.

***

Cinnte bheadh Lise oiriúnach ó thaobh na heachtraíochta de. D'éirigh go maith léi sa chéad triail úd. Rith, rothaíocht sléibhe, snámh locha. Trasnáil aille mar dhúshlán anaithnid ag Leaba Chaoimhín. Bhí na lúthchleasaithe chun tosaigh ar ndóigh, dream leithleach a chreid gur leor a gcuid aclaíochta is gur chóir iad a roghnú dá bharr sin amháin.

Chuir a gcuid teanntáis ionadh ar Bhrian. Thug siad le tuiscint nach mbeadh aon mhaith sna cláir mura mbeadh lúthchleasaithe aitheanta iontu. Thuig sé nach raibh sé féin san áireamh, ina dtuairim siúd, mar nach raibh aon rud buaite aige i spórt a d'aithin siad. Rugadh é i dteach GAA. Scoil rugbaí ar ordú a mháthar. Bhí luí aige le lúthchleasaíocht ach níor mhaith leis rith i líne dhíreach ar urchar piostail. Chuaigh sé le heachtraíocht diaidh ar ndiaidh is ba chuma leis iomaíocht. Bhris sé cnámha beaga go rialta le linn dó dul ina taithí.

Rinne sé éachtaí i Meiriceá agus san Eoraip ar an ingear agus san aer, i ngan fhios d'éinne ach dá chomheachtraithe. Ní raibh duais ar bith le baint. Bhuail sé le léiritheoir teilifíse a d'aithin ar chlúdach irise de sheans é. Chuaigh sé chun na hAstráile is tharla an tsraith mhí-ámharach dá bharr. De thapa na huaire a tharla rudaí dó.

Níorbh fhéidir leis Lise a thuiscint: oscailte ar an scáileán, druidte as seat. Táblóidigh ag smúrthacht, ba chóir go mbeidís ag tarraingt le chéile ó thús. Ar shíl sí go raibh seisean lán de féin? D'fhéadfadh sé gur thug sé é sin le fios, b'fhéidir.

'Níl ann ach go bhfuil sí cúthail,' arsa Marcas, mar a bheadh *pimp* ag suaimhniú cliaint. 'Nach deas é macalla D4 ina guth? Déanfaidh sé codarsnacht leis an *patois* prátaitheach i do chlabsa, a mhic-ó.'

***

Bhí a ról féin geallta do Bhrian roimh ré nach mór, go príobháideach: d'oibrigh sé níos déine dá bharr chun é a thuilleamh. Bheadh sé go dona dá ndéarfaí gur *fix* a bhí ann, toisc gur oibrigh sé le Marcas cheana.

Chinntigh sé an rogha nuair a bhain sé an nasc sábhála den rópa ar an aill i gcoinne na rialacha; bhain a léine freisin – bhí sé slinneánach, uchtbhorrtha, coimchúng – is thum fiche troigh sa loch chun na míoltóga a chur de. Dhreap sé an charraig in airde arís, an t-uisce ag sileadh dá chorp crón. Ní dhearna éinne eile ach gearán is gol faoi na míoltóga. Rinne Brian an tumadh díreach san áit a raibh an ceamara ach rinne sé go nádúrtha é is tháinig ar ais chun an lionsa ina dhiaidh, amhail is dá mbeidís mór le chéile is go raibh rud éigin greannmhar le hinsint dá chara. Nó b'in mar a mhínigh Marcas é, á chosaint i gcoinne iomaitheoirí eile.

'Tá's agam go raibh riail ann. Mise a chum é,' arsa Marcas, séimhe agus seirbhe ina ghuth. 'Tá rialacha i gcás na teilifíse freisin, atá i bhfad níos tábhachtaí ná comórtas ar bith. *Caidreamh* is ea an chéad cheann: dul i ngreim le súil agus croí lucht féachana.' Lean an agóid sa phuball mór, na guthanna ag dul i dtreise.

'Ní rás a bhí ann ach comórtas cumarsáide,' a d'fhógair Marcas. 'Fuair sibh uile an seans céanna.'

'Struipeálaí a bhí uait?'arsa urlabhraí, ag tagairt do léine Bhriain. 'Cén fáth ná dúraís linn roimh ré?'

Bhí sé ina ráfla go rabhthas chun réamhchlár a dhéanamh de na trialacha. 'Nílimid chun cead ar bith a shíniú,' a bhagair na hiomaitheoirí. 'Ní bheidh cead ag éinne aon phíosa scannáin linn a úsáid.' A bhéal ar leathadh ar Bhrian. Ní raibh sé imithe ach le blianta beaga is bhí athrú ollmhór ar mheon an phobail. Ceart sibhialta anois é, a bheith ar scáileán teilifíse.

Thóg Marcas breá réidh é. 'Níl éinne ag smaoineamh ar an stuif sin a úsáid. Tá sé rógharbh.'

'Tá's againn go maith go mbeidh réamhchlár ann,' a d'fhreagair an t-urlabhraí.

'Nár bhreathnaigh sé sa scáthán riamh?' arsa scigire ar chúl. Dhearg an fear óg, na súile ag loisceadh ina éadan cúng.

'Níor luaigh mise réamhchlár,' arsa Marcas, 'nó duine ar bith den fhoireann. Buaiteoirí amháin a bheidh sa tsraith seo.'

Chúb Brian le náire is dhearg ón smior amach.

'Ní thuigeann siad "ní hea!"' a dhearbhaigh Marcas ina dhiaidh. 'Dheineas sraith cheoil anuraidh. Bheadh ort daoine a dhíbirt ón doras. Creideann siad go bhfuil Madonna iontu uile, ach í a fhuascailt. Níl a fhios agam cár fhoghlaim siad é.'

'Ón teilifís,' arsa Brian go bog. 'D'fhoghlaimíomar ón teilifís é.'

San Oifig

'Cad a tharla?! Tá's agat go maith cad a tharla! Bhí tú imithe nuair a shroicheamar an t-ardchlár.' Marcas san oifig ar deireadh le Brian is Lise, ionadh air go raibh Binn Ghulbain á lua arís. 'Cén mhaith a bheadh sa phíosa gan an chéad seat, an rith chun na ciumhaise is an léim? Sula n-osclaíonn an…an paraisiút, pé gléas atá ort. Cén fáth nár fhill tú, má bhí tú in ann imeacht?'

'Eiteog. Ní paraisiút é. Fuair Steve an seat.'

'Radharc amháin, ón gcúl. An seat is tábhachtaí in easnamh: an radharc isteach nuair a léimeann tú. Lise, gabh mo leithscéal.' D'iompaigh sé chuici. 'Caithfidh tú léim as seat amháin isteach sa chéad cheann eile. Mhúineas an rud céanna do Bhrian, ag sciáil. Ag marcaíocht. Ag… pé rud eile a dheineann sé. Caithfidh an dá radharc a bheith ann. Taobh thiar, os comhair. Ar leataobh.'

'Bheinn ann go fóill!' Ní raibh Brian chun géilleadh. 'Cén fáth nár tháinig sibh i mo dhiaidh? Rinne mé rud nach ndearnadh cheana. B'fhiú síob é.'

'Dhá chúis, a mhic-ó.' Thaitin an spochadh leo araon. 'Shíleas go bhfágfá gluaisteán pé áit ina raibh tú le tuirlingt. Ní fhéadfaí landáil thall ar aon chuma. Mídhleathach.

'Agus…' chnag Marcas a thóin de phlimp sa chathaoir faoi mar a bheadh sé féin ag tuirlingt, 'bhí orainn píosa fónta le Lise ar an bhfarraige a chríochnú. Ceamara amháin agatsa ar mhullach an tsléibhe. Ní raibh tú chun an dara ceann a ghabháil, an raibh?'

Phléasc Brian amach ag gáire. An fód gearrtha faoina chosa, dá bhféadfaí a leithéid a lua le turas aerga. Ní hamháin nárbh aon laoch é, ach féinspéisí ina ionad. 'Bhí an dealramh air ó thús nach mbeadh sé ina lá mara.'

'A Bhriain,' arsa Marcas, dealg ina ghuth, 'déanfaidh mise an cinneadh sin, murar mhiste leat?'

Ghéill Brian go meidhreach. 'Rinne mé an deabhal léime ar aon nós. Marcas! Péire de na cultacha úd a bhfuil scairdinneall leo; sciurdfaidh mé féin is Lise ó Mhálainn go Carn Uí Néid. Ní leor léim pharaisiúit ar son na carthanachta mar a luaigh tusa. An mbreathnófá féin ar chlár mar sin?'

Ghlan Marcas a scornach. 'Caithfimid bheith dáiríre i dtaobh na sraithe seo. Níl…'

'Shíl mise nach raibh an fharraige go dona inné. Bhaineamar tairbhe as!' Chas an dá chloigeann chuici. Ní rabhthas ag súil le hiaraisnéis aimsire.

'Bhain,' arsa Marcas, 'a bhuíochas duitse. Shílfeá go raibh an ceamara féin ar chlár toinne.' Bhí Marcas ar fheabhas chun radhairc a fháil saor in aisce. An héileacaptar ar cíos, scaoil sé leis a luaithe is ab fhéidir.

'Sea,' a d'admhaigh Brian, 'd'éirigh an fharraige i rith na maidine. Bhí mise ag Meascán Méabha faoin am sin.' Taom gáire arís. 'Geallaimse duit go stánann daoine; culaith chneasluiteach agus úim choirp ort. I mbun ordóige.'

'Úim choirp?' a d'fhiafraigh Lise. 'Ní maith leatsa aird a tharraingt ort féin!'

'Bhuel, stopann daoine!' Bhain an ghéarchaint tuisle as. 'Fuaireas síob láithreach, agus an dara ceann chomh tapa céanna.'

'Fear nó bean?' Luí ag Marcas le socheolaíocht.

'Mná, an dá bhabhta, le fírinne.'

'Óg nó aosta?'

'Bhuel, sórt meánaosta.'

'Cuma an choileáin ort go fóill. Tarraingeoidh tú na máithreacha chomh maith. B'fhéidir.'

'Ní stopfainnse do strainséir ar bith,' arsa Lise. 'Úim choirp air.'

'Ní bheinn ag súil leis.'

Tharraing Marcas an t-ábhar nua chuige. 'Bhí duine éigin ar do lorg inné.'

'Crom Dubh, de réir Lise. Ar fhág sé scéala?'

'Níor fhág! Ná ainm. Cara leat? Nó gliúcach?' Chrom Marcas chun tosaigh ina chathaoir. 'Éistigí liom anois. Caithfidh sibh a bheith aireach. Go mbeimid ullamh le haghaidh poiblíochta. Scéal eile ansin. Ná labhair ach leo siúd a roghnóidh mise.'

'Fadhb ar bith agamsa,' arsa Brian, go neamh-urchóideach. Níor luaigh sé na téacsanna a bhí á bhfáil aige: "Inis dom faoi do bhonnléim ó El Capitan…" nó an ceann ba dheireanaí; "Labhair liom faoin mBrenva ar chlár sneachta." Iriseoir le Guaisbheartaíocht! Cé a chreidfeadh go mbeadh a leithéid in Éirinn? Fios a cheirde aige mar sin féin. Rinne Brian an léim úd is bhí líne nua anuas an Brenva scimeáilte aige. Ach thuig sé céard a déarfadh Marcas faoi iriseoir le heachtraíocht, nó le guaisbheartaíocht féin! Ná bac leis na miondaoine…

D'airigh sé an bheirt ag amharc air. 'Beimid as an tír cuid mhaith, nach mbeidh? Ní thabharfar aird ar bith orainn. Is maith leat sciáil, Lise? Féadfaimid an Matterhorn a thriail! An sliabh ar an mbosca múslaí. Poiblíocht saor in aisce.'

'Séard a bhí uaim inné,' arsa Marcas, go tromchúiseach,

'ná an bheirt agaibh ar na tonnta. Radhairc leathana —
farraige, sléibhte, trá órga. Bhí scéim an-mhaith ag Lise.'
Dhírigh sé aoibh ar an mbean óg. 'Chuaigh sí i bhfad
amach go tapa sa chadhc is fuaireamar radhairc di i gcoinne
Bhinn Ghulbain. Agus ag teacht i dtír sna tonnta. Draíocht!

'Sea,' chuir sé lámh in airde chun Brian a chosc,
'd'aontaíos le do scéim. Ní raibh rogha agam. Bheadh
sraitheog mar sin go maith sna teidil thosaigh ach ní
bheadh clár ann. Tá beirt agaibh ann, ná déan dearmad.
Má fheictear dúinn nach bhfuil feidhm le scéim, éireoimid
as. Ní hacmhainn dúinn cluichí tóraíochta a imirt.'

'Sin freagra mo cheiste, is dócha?'

'Cén cheist?'

'An Mol Thuaidh *solo*?'

Iarracht de chantal ar Mharcas. 'Caithfimid feidhmiú
laistigh de bhuiséad. Bíonn baol ciorraithe i gcónaí sa
ghnó seo. Táthar ag gearradh siar i ngach treo.' D'éirigh
Lise ciúin, faichilleach. Gothaí troda ar Bhrian. 'Cé atá ag
gearradh siar?'

'An comhlacht, ar ndóigh. Ach tá sé ag teacht ón
eagarthóir coimisiúnaithe. Tá's agat féin cé hé.'

Melbourne

Ní raibh aon amhras ar Bhrian cérbh é an t-eagarthóir coimisiúnaithe. Eisean a chuir stop le sraith na hAstráile, a bhain é gan chraoladh. An ceart aige. Níor mhaith le héinne go bhfeicfí é. Comhlacht eile a bhí i mbun na sraithe úd, mac an úinéara ina stiúrthóir, gan aon tuairim faoin spéir aige. Saoroibrí, cuireadh Marcas anonn chun é a tharrtháil, ródhéanach.

Brian is Mirella ag pocléim ar fud na hilchríche gan srian; eisean ag buachailleacht thart le heachtraíocht agus leadaíocht Éireannach; ise i mbun na dtránna, na bhfaisean is na gcóisirí. Gan treo, gan stiúir, sula ndeachaigh Marcas i ngleic leis, ach d'fhan blas an dríodair air i gcónaí.

Tháinig na creathacha fós ar Bhrian nuair a chuimhnigh sé ar thoirmeasc a shárú díreach ar mhaithe le fearg na mbundúchasach a spreagadh ar cheamara. Bhí pleidhcíocht le siorca freisin, agus dóthain rubair Bungee chun misean spáis a láinseáil. Gach cineál áiféise a shamhlófaí le fiche-aoisigh réfhiáine. Níor chuir éinne milleán ar Bhrian; bhí plean ginearálta le fada go rachfaí ar ais chun clár tarrthála a dhéanamh ina n-úsáidfí an chuid ab fhearr den bhunábhar mar chodarsnacht. Athchuairt an lao mar théama.

Idir an dá linn tharla an tsraith nua in Éirinn agus chuir Marcas fios air, go práinneach, le haghaidh trialach.

'Cén fáth,' a d'fhiafraigh Brian go leamh, 'cén fáth go mbeadh seans agamsa thar éinne eile?' Bhí trasnaíocht aisteach ar an líne ó Bhaile Átha Cliath. Mar a bheadh rian gáire. 'Tá jab agam anseo i Melbourne. Níor mhaith liom bheith i mo stumpa amadáin arís.' Ach bhí a chroí ag bualadh go tréan; dóchas ag preabadh ina shamhlaíocht – agus seift chomh críochnaithe is dá mbeadh sé á pleanáil le bliain. Leanfadh sé lorg an linbh!

Ní fhaca sé an créatúirín ach an t-aon uair amháin nuair nach bhféadfaí fiú an inscne a aithint. Éadan beag dearg fáiscthe le huaigneas na breithe. Ní raibh tuairim dá laghad aige go mbeadh an tarraingt seo aige air. Cruthú ann féin, b'fhéidir? Níor shamhlaigh sé é féin ina thuiste riamh. Ar aon nós níor chreid sé go raibh…

Bhí an gaol sin thart le sé mhí, naoi mí, bliain a déarfadh sé féin, sular rugadh aon pháiste. Agus fear eile ar an láthair an t-am ar fad nach mór! Thug sé cuairt ar an ospidéal. Slua beag ann cois na leapa. Bhí Mirella ansin freisin, ba chuimhin leis, í ag tabhairt aire go háibhéileach don mháthair nua. Ar éigean a labhair éinne leis, rud nár thuig sé. Céard faoin bhfear eile, an t-athair? Tháinig an mhuintir anall as Éirinn is sciobadh máthair is leanbh abhaile leo. Faoiseamh i bparthas, an fhadhb scuabtha chun siúil; cé nach n-admhófaí a leithéid. Deireadh an scéil…

***

'Ní bheifeá i do stumpa,' a lean Marcas air i bhfad i gcéin. 'Chruthaigh tú go maith. An t-aon spréach a bhí ann. Féach, ní féidir barántas a thabhairt mar tá próiseas meastóireachta i gceist. Ach smaoinigh ar an méid seo: beidh dhá lámh agamsa sa roghnú. Ní ligfidh mé dóibh bromach a bhrú orm. Tá's agam cad is féidir leatsa a dhéanamh, agus an bealach a spréachann an lionsa leat. Sin breis is leath na hoibre.'

Bhí Brian ina árasán i ndeisceart Melbourne, é ag breathnú amach ar an mbá mhínghorm, ag éisteacht le Marcas ar an bhfón. Lasmuigh, bhí solas na maidine ag treisiú, ag fógairt go mbeadh sé ag lonrú gan lagú go titim na hoíche. Gan foláireamh, bhraith Brian cumha thréan, a chroí ag suaitheadh ina chliabh, domhantarraingt áiféiseach á mhealladh ó thuaidh go hoileán na fearthainne is na feirge. Níos treise ná cumha. Fógairt na fola. Tháinig an t-éadan beag arís chun cuimhne: ní fáiscthe ach ina bhláth bándearg, aoibh air. Scrúdaigh sé an bhá arís is bhí draíocht an datha ag tréigean, an spéir ina folús mílítheach, an fharraige chomh leamh le bainne bearrtha.

31

'An mbeadh mórán oibre ann?' Ní ar an airgead, olc nó maith, a smaoinigh sé. Seans chun a mharc a chur.

'Bheadh. Agus breis ina dhiaidh má éiríonn linn. Níl éinne de d'aois-se ar theilifís anseo. Barraíocht ban, ach tá bearna ann d'fhear óg cumasach.' Brian ina thost, in ainneoin na scuainí ban a bhí á dtairiscint. Lean Marcas air. 'Leathdhosaen clár le déanamh. Trí mhí oibre, réamh agus iarshaothar san áireamh, trí mhíle euro in aghaidh na míosa.'

'Ceithre mhíle! Sibh ar an tírín is daoire ar domhan.'

'Trí mhíle agus costaisí. Meathlú geilleagrach ag bagairt.'

Cláir faoi imeachtaí spóirt, a thug Marcas le fios, a ghuth ag athphreabadh ón gcrios astaróideach de réir na fuaime. Imeachtaí nár chluichí foirne iad ach eachtraí pearsanta. Rith sé le Brian go mb'fhéidir gur mhearú cluaise an comhrá ar fad.

'Is é an cor atá ann ná go bhfuil na láithreoirí oilte ar na heachtraí,' a mhínigh Marcas. 'Ní tosaitheoirí sibh. Beidh ardchaighdeán…'

'Táimid san uimhir iolra go tobann?'

'Bean óg, comhaois leat. Beidh sí mealltach, fuinniúil. Sibh ag obair as lámha a chéile ar muir is ar sliabh.'

'Cé hí?'

'Fós le roghnú. Beidh cóngas ag borradh eadraibh i rith an ama, an gaol sin ina bhranda ag an tsraith iomlán. Ceanúil, b'fhéidir, trodach fiú, ach daoine ag tiúnáil isteach dá bharr.'

'Cad mar gheall ar Mirella?' Phreab a hainm amach mar a bheadh sí taobh thiar de, a méar á dhruileáil idir na slinneáin. Gheit sé. I bhfad ó bhí sise ann.

D'imigh guth Mharcais níos faide in éag, mar a bheadh an fón curtha uaidh. Tháinig sé ar ais go haireach. 'Beidh comórtas le haghaidh an róil. Ní féidir ach an méid sin a rá…'

'Ní fhéadfainn gan é a lua léi.'

'Cén fáth? Ní raibh a fhios agam go raibh sibh le chéile go fóill?'

'Níl. Bhuel…níl! Go bhfios dom? Ní hea! Cinnte, níl.'

***

'Cén fáth nár ghlaoigh sé ormsa in ionad teachtaireacht a chur?' Chuir Mirella an cheist chomh luath is a scaoil sé scéal na sraithe léi. Ní raibh sé de chroí ann a stádas féin a nochtadh mar chreidfeadh sí go raibh an gheallúint chéanna aici féin. Ach, in ainneoin na geáitsíochta, níorbh aon óinseach í. Cluiche á imirt i gcónaí. D'ullmhaigh sí líon sábhála: ag teacht abhaile ar cuairt na muintire san am céanna.

Neart a cuid féinmhuiníne a mheall Brian chuici ó thús, chomh maith leis an áilleacht neamhshaolta nuair a líon sí le fuinneamh ócáide, í ar lasadh le dearfacht…a bheadh ina luaithreach ina dhiaidh sin agus í chomh híseal nach bhféadfaí í a thréigean go mbeadh sí faoi lánseol athuair. Ise a dhéanfadh an tréigean faoin am sin.

Shéan Mirella féin sraith na hAstráile toisc go raibh sí ag rith timpeall ann le *baseball cap* agus pónaí ag gobadh amach ar chúl, í i mbun freastail le héadaí agus stíl ghruaige a chuirfeadh náire uirthi anois. Ba chuma cad a tharla thall, níor scar Brian i gceart léi. Babhtaí aige le mná eile, a bhuí sin leo siúd go minic. É ina dhornán dealraitheach, shamhlaigh siad go mbeadh sé socheansaithe. Ach bhí iarnthoil aige is ní bheadh sé ina pheata ag éinne, ag imeacht leis gan choinne ar ráigeanna eachtraíochta ar fud an domhain. Dúshraith i gcónaí in easnamh. Bhí siad uile idir eatarthu: idir seo agus siúd, teacht is imeacht, idir staidéar agus post, thall is abhus, inné is amárach. Mirella de shíor idir Brian agus duine éigin eile. Níor éirigh leis an spleáchas lochtach a bhriseadh. Bhí sé in ann magadh faoin íoróin: gur mhair sé ar shneachta is ar ghrian is go raibh poll ina shaol féin a bhí chomh díobhálach leis an bpoll sa chiseal ózóin.

Deilginis

Ní go tapa a ghéill Brian don tsamhail, ach is éard a
chuir Lise i gcuimhne dó an nóiméad sin ná feithid agus
leatra uirthi – práinn leithris. Bhí sí ag útamáil thart i lár
na haille, adharcáin in airde ag cuimilt na carraige, cosa ag
scuabáil ar chlé is ar dheis mar a bheadh níos mó ná péire
aici, leath-throigh i gcónaí ag filleadh fúithi, na barraicíní
i dteagmháil le ciumhais chúng. Folús faoi sin arís. Tar éis
di trasnáil amach go hingearach chun a cos a ghreamú ní
raibh greim a dóthain ann do na lámha. Imní titime á
creimeadh, bhí sí ag crith le teannas an gháibh. Ní
Marcas amháin a bhí ciontach: ní bheadh Lise sásta gan
dúshlán iomarcach a thriail.

Ó am go ham nochtaidís a dtuairim ar a chéile don
cheamara, léirmheas ar léiriú ar an gcainteoir é chomh
maith. Ní scaoilfeadh Brian oiread is cogar faoi chiaróg
agus leithreas. Bheadh sé tacúil agus moltach; ní
cheadódh sé dó féin an ghoin ba lú faoi uaillmhian Lise,
an fonn a bhí uirthi síneadh thar a cuid inniúlachta.
Thuig sé ina intinn conas nach mbeadh muinín ag duine
as an ngreim coise úd, ach níor thuig sé ina chorp é. Ba
léibheann é! Seasta ar an ardán sin, dar leis, d'fhéadfaí lón

a ithe. Mar sin féin bhí bonn iomlán Lise ag gobadh amach san aer, gan ach milliméadar sála fostaithe.

Bhí cruth an dreapadóra ar Bhrian féin, an rinceoir carraige, iomrascálaí aille. Nó hibrid leithleach, a scáil mar pháirtnéir aige? Easpa fócais le fada air, ag casadh ó mhian go mian. Cén fáth, a d'fhiafraigh sé de féin mar a d'fhiafraíodh a athair de, nach raibh smacht is treo aige? Dochar déanta do theannáin faoi leith ina ghéaga, bhí sé de mhallacht air go raibh sé faoi gheasa ag an gcarraig, an t-aon spórt nach bhféadfadh sé a dhéanamh go foirfe choíche.

D'amharc sé ina thimpeall, go mífhoighneach. An cairéal inar fhoghlaim sé ceird na carraige. Ar fhill sé chun leadrán mar seo a fhulaingt? Spágáil mamó éigin as radharc, maicín faoi aois scoile ag ceáfráil ina diaidh. Ina aonar dó, soicind, stán sé thar a ghualainn. Chroith Brian lámh go súgach leis san aer. Theith an gasúr. Gan foláireamh, bhris cumha ar Bhrian mar a bheadh taoide ag líonadh a chléibh. An brón céanna á ionsaí gan choinne ó d'fhill sé. Sheas sé colgdhíreach is bhraith tonn uaignis ag borradh laistigh, creataí an chliathraigh ag crith. Bhí a fhios aige go n-imeodh an tocht is go dtiocfadh sé arís: gurbh é an dúshlán a bhí roimhe ná dualgas na gcnámh.

Leath na haillte eibhir amach ina thimpeall. Folamh. Gan súgradh nó spraoi páiste le cloisint. Baineadh an cairéal diaidh ar ndiaidh chun céanna na bá a thógáil, na fobhailte ag cogaint, mantach, ar fhíor na spéire dá bharr. Bhí Baile Átha Cliath go hiomlán i raon a radhairc, an chathair ina deascadh tiubh ar an gcósta íseal. Le súil leathdhruidte, deoir inti, bhí na foirgnimh cosúil le sliogáin a carnadh ag na milliúin taoidí.

Bhraith sí ar seachrán é. Rópa bándearg ina dhorn ag síneadh chuici ar an mballa. 'Brian!' Práinneach. Micreafón uirthi, níor scaoil sí scread. Ach titim anois, dhéanfadh sí poll sa talamh. Ní raibh cosaint dá laghad aici.

'Lise! Tóg go réidh é. Cuir giarphíosa isteach. Beidh tú slán ansin.' Giota miotail le dingeadh sa scoilt, nasc air chun greim a choinneáil ar an rópa dá dtitfeadh sí. Ón talamh féin bhí sé in ann na greamanna a dhéanamh amach, dar leis, iad greanta ar a chuimhne, cé nár dhreap sé an líne le blianta. Céim ghuasach le déanamh aici, muinín as fricsean ag teastáil. Agus scil theicniúil, nár tháinig gan chleachtadh.

'Féach, greamaigh do chos chlé leis an mbos sin ag gobadh amach taobh leat. Croch as an ngreim láimhe – feabhsóidh sé de réir mar a éiríonn tú.' Labhair sé go báúil, dearfach. 'Oibrigh an chos dheas suas. Gheobhaidh tú lán do láimhe den tsrón ghéar in airde. Ach sáigh píosa cosanta sa scoilt ar dtús. Beidh tú sábháilte ansin.' Ní raibh taithí aici ar dhreapadh traidisiúnta, gan boltaí sa charraig – tacaí a bhí forleathan ar na creagacha faiseanta. Caitheamh aimsire in ionad eachtra. Bhí sí i ngreim anois leis an ngníomh lom, macánta, féin.

Rith sé le Brian gur cheacht do Mharcas é an mhoill a bhí ar a réiltín, urlár an chairéil ag drannadh fúithi. Bheadh an radharc níos spreagúla, dar leis an stiúrthóir, agus cailín dóighiúil ann, bolg aille ag caitheamh amach, muir is cathair laistiar.

'Rachaidh tú chun tosaigh?' a dhearbhaigh sé ó thús.

Níor fhan sí soicind. 'Rachad!'

'Tá a fhios ag an saol,' arsa Marcas, sásamh ag ramhrú a ghutha, 'gur féidir le Brian carraig a shárú. Cuirfimidne cor sa scéal.' Fágadh Brian i sáinn. Ach a chlab a oscailt, bheadh sé le rá nach raibh Lise maith go leor. Ag breathnú in airde dó anois, crith na gcos á mheas, thuig sé nach ndearna sé a dhícheall í a chur ar a haire.

'Brian…!' Impí. Ní raibh sí in ann leathlámh a scaoileadh le dul chun cinn.

'Lise, an bhféadfá tarraingt siar nóiméad? Cúpla méadar go dtí an siolpa? Tá cleas faoi leith chun an chruachéim sin a shárú.' D'éirigh léi sleamhnú siar – uafás níos mó ná scil – gur bhain amach an siolpa as radharc an cheamara. Bhí Marcas ag breathnú síos ón airde, a lámha ar leathadh, cuma chéasta gan chroch air. Tharraing sé fuinneamh ón gceamara ag obair dó, mar a bheadh sé sreangaithe leis an gcadhnra. Rith Brian timpeall cúinne na haille go raibh sé díreach faoi sheasamh Lise, is tharraing in airde. Gheit sí, leathchromtha, ag iarraidh neart a mhealladh ar ais go dtí na géaga. Fuarallas ar a héadan. Spás beirte ar éigean ar an laftán. Greim amháin ag Brian, é á bhrú amach ag gob carraige.

'Sáfadsa an giar isteach duit. Tá's agam cá dtéann sé.'

'Déanfaidh mé féin é! Níl ach sos…D'iarr Marcas orm.'

'Ní craoladh beo é, a thaisce! Ná bac le Marcas.' Níor ghéill sí slí. Rinne sé iarracht luascadh timpeall uirthi. B'éigean scine eibhir a ghrabáil agus tarraingt go teann. A leiceann lena baithis. Craiceann le mínfholt. Barróg nach mór, í cuachta lena chliabh. Chrom sé agus scaoil glamh bhéasach ina cluas. Chúb sí chuici. Luigh sé siar ar an bhfolús ar tí titim. 'Brian!' Rug sí greim tarrthála air. De scread, 'cá bhfuil do rópa!?'

Chroch sé leis ar leataobh. 'Is cuma. Nílim ag dul níos faide ná an trasnáil.' Leath an charraig amach faoina chosa agus b'in arís a chorp ag spréachadh le haeracht, gan de thacaí in éadan ingir ach méara na gceithre chnámh. Saoirse faoi leith de cheal rópa. Fonn air beannú don ghasúr arís ach bhí seisean imithe gan filleadh. Mearamharc siar ar Lise. Bhraith sé an bharróg fós lena chliabh mar a bheadh taibhse dlúite leis. Chomh fada ina aonar go raibh uaigneas cnis air? Shín sé in airde is rug ar an gciumhais a bhí á ladhráil ag Lise nóiméad ó shin. Shleamhnaigh a lámh de. Roc snasta nach raibh leath chomh maith is a shamhlaigh sé. Tais le hallas, deora an chraicinn. Thum sé na méara ina mhála cailce is rug leathghreim arís. Ní raibh ach méarlorg á choinneáil i dteagmháil. An bonn laistíos ina sheasamh tanaí, i bhfad ní ba chúinge ná mar a shamhlaigh sé.

Phreab sé cos in airde i gcoinne na boise ar chlé, bhain ding chaol óna chrios is sháigh isteach i scoilt í. Lonnaigh píosa eile i ngág ar leataobh. Sracadh géar chun iad a shuíomh go daingean. Chroch sé drolanna orthu, ullamh don rópa, is scinn ar ais chuig an siolpa arís. Bhí a chroí ag cnagadh le tobainne an ruathair, é ag sclogadh aeir. Dhruid sé na fiacla nóiméad chun é a cheilt. Céim válsa ag sleamhnú thairsti arís.

'Anois! Beidh tú slán sábháilte amuigh ansin.'

'Níor iarr mé cabhair ort!'

'Bhí sáil do bhróige ag sméideadh orm.'

Iarracht d'aoibh uirthi, bhagair sí sonc uillinne. Shleamhnaigh sé anuas ón bhfargán. Bhí Marcas taobh thiar den cheamara arís. Dhírigh Brian ar an rópa a bhí le ligean amach orlach ar orlach is í ag brú in airde.

Os a chionn, tháinig Lise amach go héadrom ar an trasnáil, éasca inti féin, éadaí dathúla ag boglonrú, í mar a bheadh féileacán ar foluain cois carraige. Stad sí nóiméad, grástúil, chun an rópa a fháisceadh sna drolanna a d'fhág sé, is b'iúd in airde í mar a bheadh seoidire gaoithe á tionlacan.

***

Cúpla uair an chloig eile, is bhí ceathrar acu ar crochadh in éadan aille. Steve ó Bhinn Ghulbain i mbun fuaime inniu. Níor tháinig sé go dtí go raibh gá leis, ag coisíocht chucu go mear a luaithe is a bhí na seatanna fada déanta. Ba léir do Bhrian go raibh acmhainní á spáráil.

'Tusa ildánach,' ar sé mar bheannú.

'Go mba hé dhuit! An léim an lá cheana ina cic boilg dom. Tarraingt thréan i do dhiaidh orm, breith ar an gceamara is léim amach i mbéal an aeir. Sin a dheinim ar an talamh, rith i ndiaidh na gluaiseachta.'

'*Coyote* ar lorg an Reathaí Róid? Rith ar an aer go bhfeiceann sé an folús.'

'Cleas eile, an cuimhin leat? Briseann gob na haille faoi. Sula mbuaileann sé an talamh tógann sé céim ar leataobh. Mar a bheadh léibheann cheann staighre sroichte. Treabhann an charraig isteach sa talamh…'

'An ruagaire faoi!' Ag sárú a chéile le ráigeanna gáire.

'Sin an spéic is faide riamh ag Steve,' arsa Marcas. Chroith sé a chloigeann le Lise. *Bugs Bunny!* Muidne ag iarraidh ardealaín a cheapadh.'

'Caithfear greann a chur sa tsraith!' Éirí croí ar Bhrian. 'Bíonn cláir mar seo troiméiseach iontu féin.'

'Greannmhar go leor ag iarraidh eachtra a chur in iúl gan seó grinn a dhéanamh leis,' arsa Marcas. 'Tá na seatanna teanna le críochnú inniu, agus na hagallaimh. Ní mhairfidh an solas.'

'Cad chuige an deifir?' Ionadh ar Bhrian. 'Nach mbeadh sé níos fearr filleadh amárach agus an solas céanna a fháil?' Fuadar bodhar faoi Mharcas, níor thug sé freagra.

Bhí siad ar crochadh ar rópa an duine ó ancairí ar bharr an bhealaigh, iad in ann sleamhnú síos, oibriú suas orthu. Brian bródúil as an rigeáil. Gan ach locht amháin ar an suíomh – go raibh spaisteoirí Dheilginse lena gcuid madraí ag cruinniú chucu. Níor thug na madraí ach místá amháin in airde is tharraing siad a gcuid úinéirí leo. B'in difear idir madra agus duine, arsa Brian. Ní raibh suim ag madra in eachtra nach raibh sé páirteach ann, ach d'fhéadfadh fear seasamh ar thaobhlíne ar feadh breis is uair an chloig, rud a léirigh go raibh ainmhí i bhfad níos críonna ná an duine.

'Níos críonna ná fear!' arsa Lise. 'Sin an méid a...'

'Lise! Ar ais ar an gcéim achrannach,' arsa Marcas. 'Le do thoil. Beidh an ceamara ar leataobh, beagáinín níos airde. A Bhriain, tusa ar an talamh arís. Steve, beidh tú ar mo ghualainn leis an maidhc raidhfil.' Ba chuma le Marcas an rópa is an t-ingear. Ghlac sé leo ó thaobh na hoibre faoi mar a bheidís normálta. Ní chuimhneodh sé choíche ar shliabh mar chaitheamh aimsire dó féin. Cathracha, óstáin, bialanna a thaitin leis.

D'ísligh Lise ar an rópa go raibh cos aici ar an gclaonchiumhais chúng.

'D'fhágas an giar sa scoilt.' Bhí Brian róshásta leis féin. 'Ceangail leis agus scaoil an rópa ar a bhfuil tú anois. Bheadh sé sa seat.'

'Ní bheadh,' arsa Marcas, 'mura dteastódh uaimse é a bheith ann.' D'fhan Brian ina thost.

'Is dóigh liom,' arsa Lise, 'go bhfuil an ceart ag Brian. Bheadh sé soiléir go raibh rópa os mo chionn. Cheapfadh daoine nach ndearna mé an dreapadh i gceart.' Rith sé le Brian gur thuig Marcas an scannánaíocht ach go raibh neamhaird aige ar rialacha spóirt. Ní raibh ann dó siúd ach dráma. Bheadh ar Bhrian súil ghéar a choinneáil ar chruinneas na sonraí. B'in an fáth go bhfeictí an oiread raiméise ar an teilifís. Sciorr sé síos chun talaimh is ghlac a sheasamh arís.

'Ok, Lise,' arsa Marcas. 'Píosa cainte. Pearsanta. Chuig an gceamara. Lean ort ag dreapadh ina dhiaidh. Ciúnas anois!' Ar an bpointe, feadaíl fhiáin ó bharr an chairéil. Thuirling leabhar de phlimp san aiteann taobh le Brian. Racánaíocht iarscoile ar an gcosán in airde. Lig sé béic. Suan na muice bradaí lasnairde. É ar tí ruathar a thabhairt ach bhí Marcas i mbun oibre agus Lise ullamh. Círéibeanna an Tuaiscirt curtha de aige, ba chuma le Marcas urchar sa bhruachbhaile ba ghalánta in Éirinn. Bhí an ceamara trom ar a ghualainn, gan an crith is lú ar an rópa caol. Steve ag claonadh isteach chun an fhuaim ab fhoirfe a fháil gan geanc an mhaidhc sa fhráma. Dá dtógfaí raic in airde, bheadh an píosa le taifeadadh arís. Brian amháin imníoch: a gcuid leochailleachta i lár na haille soiléir dó.

'Braithim go bhfuil sé níos teicniúla ná rud ar bith dár thriail mé cheana,' a thosaigh Lise, go neamhchinnte. 'Ní bheinn anseo ach gur threalmhaigh Brian dom é…'

'Stad!' arsa Marcas. 'Ní bheidh tuairim ag éinne céard atá i gceist agat maidir le trealmhú. Breathnaigh ar an gcarraig, comhairigh go dtí a trí agus abair leat.'

'Ach táim faoi chomaoin. Ní fhéadfainn é seo a dhéanamh gan é. Caithfidh mé é sin a admháil!'

'Ní chaithfidh,' arsa Brian. 'Abair rud éigin a thuigfidh daoine. Go bhfuil tú ag súil le do lón, ag súil gan poll a dhéanamh sa talamh. Beidh siad leat!'

'An ndéarfaidh mé cá bhfuilim? Ainm an bhealaigh is mar sin de?'

'Ní déarfaidh,' arsa Marcas. 'Déanfaimid é sin ar an talamh ina dhiaidh. Nó le guthú sa stiúideo. Is cuma. Dearcadh pearsanta anois. Nílim chun friotal a chur i do bhéal.'

'Bunriail na scannánaíochta,' Brian cúntach arís. 'Gach rud bunoscionn, ó dheireadh go tús. Plugálann siad isteach sa teilifís é is tagann sé amach an treo ceart.'

'Ná bac leis. Ullamh arís? Steve, maidhc isteach!'

Dhírigh Lise ar an ngreim coise, na hadharcáin ar an roc snasta arís. D'fhéach i dtreo an cheamara. Strus ar a héadan, snag ina guth. 'Thar a bheith achrannach anseo! Mo ghreim ag sleamhnú. Easpa taithí ar an riteacht. Neart agam le haghaidh aon iarracht amháin ach sin an méid. Má shleamhnaíonn…cos nó lámh…titfidh mé…píosa maith.' Chrom sí a ceann. 'Brian, aire don rópa!' Sa ghluaiseacht chéanna scaoil sí an nasc taca lena básta, chuir an rópa reatha tríd, chaith cos i gcoinne na boise is d'ardaigh ar luamháin líofa na gcnámh.

Rith sé le Brian go mbeadh an seat céanna á dhéanamh arís, ón talamh. Ní ligfeadh Marcas radharc mar sin thairis, gabhal baineann ar leathadh os a chionn. Bhí an ceamara chun dlúthaithne a chur ar Lise.

Rinne Brian a dhreas ag barr an dreapa. Chaith sé rothalchleas ar chiumhais na haille don cheamara. Níor thaitin sé sin le Lise is ghlan sí as radharc. Mheáigh Marcas é. 'Rógheáitsíoch. Ag tarraingt airde ort féin.' D'aontaigh Brian leis.

'Dá bhféadfaí an balla sin a easportáil,' spalp sé go hanamúil leis an lionsa, 'ghlanfaí fiacha náisiúnta leis! Daoine ag ciúáil le híoc as carraig dá leithéid. D'fhéadfaí é a chrochadh i lár El Capitan, altóir na hailleadóireachta, is sheasfadh sé an fód i gcoinne faid ar bith dá ghrád. Dealraíonn sé dodhéanta, ach tá rithim ag baint le gach céim, agus stiúrann na greamanna ar sceabha ealaíonta thú trí na deacrachtaí.' Na lámha in airde ag saothrú aeir, carraig shamhlaithe á muirniú aige an t-am ar fad; thuigfeadh bodhar féin a cuid cainte.

'Measaim gur chruthaigh Lise go hiontach maith air. Tógann dreapadh mar sin fíormhisneach an chéad uair. Bhí sí ag damhsa leis an gcarraig áiteanna a mbeinn féin ag iomrascáil…'

'BRIAN!' Réab scread tríd an aer.

'Á moladh a bhíos, in ainm Dé!'

Bhí siad ar mhullach na haille, gan ach balla cloiche á scarúint ó chosán ar bharrimeall an chairéil. Lise as radharc ach ní raibh amhras ar bith faoina glór.

'BRIAN!' Phreab an cloigeann míndubh in airde thar an mballa, a héadan teann le fearg. 'Tá sé anseo arís! Déan rud éigin!'

'Cé hé?!'

'Do chara! Cé eile?'

Sciurd Brian de léim chun an bhalla is tharraing in airde. Seanbhean ar chlé ar an gcosán, a droim leo, madra ag breathnú siar ar an bhfuadar.

'An treo eile!' Níor thug Lise amadán air ach bhí a mhacalla ann. Léim sé den bhalla is rith le fána. Na bróga beaga aille air, craiceann rubair. Chas sé ar a rúitín is sciorr i dtreo na ndriseacha. Cúlfhéachaint, chonaic sé Lise i lár an chosáin, lámha lena héadan mar a bheadh sí á hionsaí.

Carrchlós ag bun an chosáin. Bearna i measc na gcrann, gluaisteán dubh ag tarraingt amach, an t-inneall ag géarú. Sean Toyota Estate mar a bhíodh ag tógálaithe, roimh an SUV. Fear óg ag tiomáint, gruaig dhorcha, éadan as radharc. Lig Brian scairt, chaith a lámha san aer, léim suas is anuas ar imeall an tarra. Níor chas an tiománaí a chloigeann ach bhí madra sa chúl, a shrón le gloine. Cúpla soicind eile, is bhí an carr as amharc, fuaim an innill ag dul in éag. Thóg sean-labradór sa charrchlós babhta tafainn air féin. Tharraing sé péire brocaire san achrann, na daoine a bhí á dtionlacan ag glinniúint ar an ógfhear sna buimpéisí bailé a spreag an raic sa chéad dul síos.

Bhí Lise agus Marcas lasmuigh den bhalla ar fhilleadh in airde dó.

'An bhfaca tú é?'

'Bhíos ródhéanach.'

'Chualamar gluaisteán...' Fearg ag briscadh ar Lise arís.

'Bíonn cairteacha isteach is amach ansin go rialta. An bhfuairis radharc air? Ar labhair sé leat?'

'Níor labhair! Bhíos ag lorg láthair leithris, más gá dom a rá. Bhreathnaíos timpeall agus b'iúd i mo dhiaidh é. Ní bhfuaireas radharc cruinn air ach d'aithníos ón lá cheana é. Theith sé nuair a screadas.'

'Theithfinn féin.'

''Bhfuil tú cinnte gurbh é a bhí ann?' arsa Marcas. 'Ní féidir linn raic a thógáil gan rud éigin cruinn.'

'Hé! Fan nóiméad!' Lise ag breathnú ó dhuine go duine agus ar ais. ''Bhfuil sibh á rá go gcaithfidh mé breith air?

Ligean dó breith ormsa? D'fhéadfaimis dul go dtí na Gardaí, lorg na lámh ar mo scornach!'

Tháinig Steve ar an láthair, an fearas á iompar aige. 'Bhí duine éigin thuas ansin níos túisce,' ar sé. 'Ag faire, ach shíl mé go raibh níos mó suime sna héin aige. B'in a shíl mé.'

'Sibh á rá nach féidir liom idirdhealú idir ceamara agus déghloiní?' arsa Lise. 'Is cuma liom cad leis a bhí sé ag spiaireacht. Ní maith liom é.'

'B'fhéidir gurbh é a bhí ann; b'fhéidir nárbh é.' Ghabh Marcas ceannas. 'Snaipéar éigin ag súil le scúp.'

'Cad mar gheall ar mo phríobháid?' Teas troda i nguth Lise.

'Más príobháid atá uait, ná bac le teilifís!' An chéad ainfhreagra a thug sé uirthi. 'Agus tusa, a Bhriain, ná habairse le héinne cá mbeimid ag triall ó lá go lá. Más cara leat é mar a mhaígh sé, nó cara le cara.'

'Mise! Go tobann tá mise ciontach? Ní dúirt mise faic le héinne.'

'Chuala mé thú ar an bhfón póca,' arsa Lise. 'Ní raibh mé ag cúléisteacht, ach le fírinne ní labhraíonn tú os íseal.'

'Cé atá ag spiaireacht anois! Nílimid i bpríosún, an bhfuil? Féach, cathain a bheimid ag dul go hAlbain? Cuirfidh sé sin críoch leis an tseafóid. Gabh mo leithscéal, a Lise, nílim á rá gur seafóid é do chás, ach dá thúisce a théimid i mbun oibre...'

Ghabh Steve greim uillinne air is thug sé leis é chun na rópaí a dhírigeáil. Snaidhm amháin ar leathoscailt. 'Cheangail tusa i gceart é, ar ndóigh,' arsa an fear fuaime.

'Bíonn mo shaol ag brath ar shnaidhmeanna. An dream sin a bhí ag racánaíocht. Ná habair le Lise: tá sí corraithe go leor gan comhcheilg ina coinne a shamhlú. Tarraing aníos an gorm.'

'Tá mearbhall éigin uirthi,' arsa Steve, go cúramach. 'Bhuaileas le cara léi cúpla lá ó shin. Dar leis go mbíodh sí ciúin, staidéarach i gcónaí.'

'Cosúil liom féin!' Rópa á chornadh ag Brian.

'Spórtúil, a dúirt sé, ach níor chreid sé go mbeadh sí sáite ina leithéid seo d'fhiontar.'

'Céard atá á spreagadh? Ní féidir liom í a dhéanamh amach. An tuin chainte sin? Galánta, sórt, ach leathanteangach leis.'

'Cluinim sna cluasáin é. An Charraig Dhubh is An Muileann gCearr? Caithfidh mé a rá go bhfuil sí mealltach.'

'Tá sí chomh teann le sreang fidile! Imní ormsa mo chlab a oscailt.'

'Strus teilifíse b'fhéidir. Socróidh sí síos i gceann tamaill.'

'Níl strus ar bith uirthi i leith an cheamara. Mise amháin a spreagann an teannas!'

'Iomaíocht, is dócha. Caithfidh sí tusa a shárú chun creidiúnacht a thuilleamh?'

'Síceolaí chomh maith le gach rud eile, Steve. Ní gá go mbeadh buairt ar bith uirthi. Beidh mise sáraithe a luaithe is a shroichfimid an fharraige.'

San Óstán

Brian ag preabadh timpeall sa bhialann, luath den chéad uair, agus lán de féin. Imeachtaí an chairéil dearmadta laethanta ó shin. Suas is anuas chun an chuntair mar a bheadh beach á phriocadh. Sú oráiste agus tósta, uisce, tósta arís. Óstán neamhphearsanta i dtuaisceart na cathrach, moch ar maidin. É ina shuí gar don chomhluadar, aithne curtha aige ar an bhfoireann freastail, cailíní ón bPolainn. Téacs úr ón iriseoir spóirt. Fiach? 'Inis dom faoin rothar ar Half Dome!' Bhí sé ar an gcnaipe arís, lena cheart a thabhairt dó. A thaighde déanta aige. Ach ní bheadh an teip sin á hinsint ag Brian d'éinne.

Ar chamruathar ón mbialann, d'airigh sé Lise ina suí sa tolglann ar chúl, nuachtán ina glac, í cromtha thairis. Í feicthe gan choinne, ní raibh aon amhras ach go raibh sí maisiúil. Scinn sé anonn is bhreathnaigh thar a gualainn. Foirgneamh scoile, crainn go dlúth ina thimpeall. *School Fiend* a léigh Brian sa cheannlíne. Disléicse air, cheartaigh sé mar ba ghnách leis. *School Friend*...Ghlan sé a scornach. Gheit sí is dhún an nuachtán de phreab.

'Ní shamhlóinn páipéar rásaíochta leat?'

53

'Leis an óstán é. Rud suarach.' Chaith sí ar leataobh é.

Cén suaitheadh a bhí uirthi anois? Chrom sé thar an gclaí is d'fhág póg cheanúil ar a leiceann. Bhí sé tugtha faoi deara aige go raibh sí gearr-radharcach, mar a bheadh duine gan a cuid spéaclaí. An t-amharc a bhronn sí ar strainséir is ar an gceamara, na súile ag leathadh go mealltach – ní raibh ann ach athrú fócais, réiteach súl. Níorbh aon chuireadh chun dlúthchaidrimh é, mar a shamhlaigh daoine ar dtús.

Shuigh sí ina theannta sa bhialann. 'Gránach agus iógart nádúrtha,' a d'iarr sí ar an bhfreastalaí a bhí ag scigeadh le Brian, 'agus an sailéad torthaí. Gloine uisce.'

'Domsa freisin! Agus caife leis.'

'An dara bricfeasta!?'

'Bricfeasta? Seo é mo lón.'

'Ní thuigim conas a dhéanfar cláir as an ngioblacht seo?' Fíor-imní ar Lise. 'Dreapadh cúpla lá. Rothaíocht sléibhe, cadhcanna an tseachtain seo chugainn?' A lámh ag crith is an ghloine á hardú aici, an lámh chéanna a bhí ag scríobadh carraige le déanaí. Na hingne stróicthe. Fonn ar Bhrian an lámh ghonta a thógáil ina ghlac. Níor thóg.

'Níl séip ná méic air, shílfeá, ach tá ciall leis mar sin féin,' a dheimhnigh sé. 'Breathnóidh daoine ar chlár gréine, is cuma céard atá ann. Gruama, ní bhreathnóidh. Sin an fáth go bhfuilimid ag saothrú gréine – in ionad bheith ag máinneáil timpeall le mionsonraí. Agus Steve ar fáil ar feadh achair ghearr. Cá bhfaighfeá a leithéid? Inniúil ar cheamara is ar fhuaim.'

'Tuigeann sé a cheird. Murab ionann is muidne!'

Scaoil sé leis an ngriogadh. 'Tá garbheagair – creatlaigh de shórt – á gcaitheamh le chéile ag Marcas. Sin an fáth nach bhfuil sé linn, a déarfainn. Is féidir dul siar níos déanaí, míreanna breise a shá isteach iontu.'

'Míreanna! Cén sórt míreanna?' Tharraing sí amhras ar gach focal uaidh.

'Siopadóireacht! Ábhar grinn é nuair a cheannaíonn tusa bicíní. Mise sa tachtaire búidí, na *budgie-stranglers.*'

'Ní féidir liom feitheamh!'

'Cloigne cainte ag stealladh raiméise. Pleidhcíocht le mapaí. Muid ag pacáil, ag campáil. Ag ligean imní orainn, an ghnáthraiméis. Bialann ghalánta, ag suirí le chéile...'

'Coinnigh an tsuirí don fhreastalaí.'

'… an ceamara lasmuigh, gal ar an bhfuinneog, coinnle ar an mbord, muid ag breathnú sna súile ar a chéile. Gearr go seat istigh, cois boird. Tusa do mo stialladh…'

***

Bhí Marcas, nuair a tháinig sé, praiticiúil go pointe na fuarchúise. Ar a bhealach chuig cruinniú práinneach in RTÉ.

'Muidne?' Cluas ar Bhrian don bhagairt. An chloch sa mhuinchille.

'Gach uile rud trína chéile!' arsa Marcas, briosc, an biachlár á scrúdú. 'Tograí á dtarraingt siar, á gcur ar ceal. Léiritheoirí ag dul as feidhm. Géarchéim mhaoinithe – ní den chéad uair é, ach thar cuimse an tráth seo.' D'fhill sé ar an gclár bia, mar a bheadh stoic is scaireanna le díol. Dhéanfadh sé lá oibre gan greim a ithe, ach dá mbeadh an t-urlár ag titim faoina thóin i mbialann, chumfadh sé ordú cáiréiseach. Sean-nós ón earnáil phoiblí. 'Dhá ubh scallta, ar chaiscín le do thoil, ná dóitear é. Na huibheacha téachta, ní maith liom iad ag sileadh. Agus *latte*, chomh te is is féidir é a dhéanamh. Cuirfidh mé ar ais é má tá sé alabhog!'

'*Espresso* le do thoil', arsa Brian. 'Cuir fuisce ann. Conas a tharla domsa filleadh in am don tubaiste? An Astráil ag titim as a chéile freisin. An bhfuil mí-ádh éigin orm?'

'Nó dallamullóg?' arsa Lise, tagtha chuici féin. 'Ní fhaca mise locht ar an Astráil. An bhliain ab fhearr a chaith mé riamh.'

'Sea. Sydney!' Theip air tarraingt siar. 'Níl i Sydney ach

bolgóid bhréagach. Tír shealadach na nÓg. Tá fairsinge na hAstráile á scriosadh agus is cuma le scódaithe na hÉireann má dhéantar Sahára de, fad is a bhíonn spraoi acu agus crónú snasta orthu ag dul abhaile.' De shruth amháin anála. 'Na mílte líotar uisce chun burgar amháin a chur ar an mbord i Sydney do Phaidí éigin, an bhliain is fearr dá shaol. Gabh mo leithscéal, ní duitse atáim ag tagairt…'

Meangadh an agallóra uirthi. 'Agus céard a d'ith tú féin san Astráil?' ar sí. 'Trí bliana a chaith tú ann. An raibh tusa i do veigeatóir?'

Tháinig Marcas i gcabhair air. 'Rachaimid ó thuaidh inniu, mar a bhí beartaithe. Brian, tabhair na rothair sa jíp leat. Beidh Steve ann romhat. Táimse gafa go ham lóin. Lise, tig leat taisteal liom tráthnóna. D'fhéadfá na cadhcanna a ghrinnscrúdú dúinn ar maidin.' Thriail sé bolgam caife. 'Agus píosa nuachta agam daoibh!' Lean sé air, gan athrú tuine. 'Beidh an rothaíocht sléibhe ar fad á scannánú i mBeanna Boirche. Ní chuirfidh sé ionadh ar éinne agaibh nach mbeimid ag dul go hAlbain. Déanfar an clár ar fad anseo.'

'Ina iomláine? Ach níl…' Corrabhuais ar éadan Bhriain, mar a bheadh páiste gan taithí feirge.

'B'fhearr leis na boic mhóra go ndéanfaí formhór na sraithe anseo in Éirinn.' Tharraing sé anáil réidh. 'Bhuel, le fírinne, an tsraith iomlán. Gearrthacha siar agus chuile shórt. An t-ádh linn gur féidir dul ar aghaidh in aon chor, bac iomlán curtha ar thograí eile. Bhíos in ann pléadáil go bhfuil dhá chlár faoi gharbheagar againn – níl – ach beidh má dhéanaimid an ceann seo gan a bheith ag súil le heireaball iasachta a ghreamú de.'

Béal Bhriain ar leathadh, mar a bheadh sé ag labhairt gan fuaim. Eisean a chum struchtúr an chláir. Réamhullmhú agus taighde déanta. Ní fhéadfaí na tacaí a tharraingt anois!

'Tá's agam go bhfuil díomá oraibh.' An t-im á scimeáil ar an tósta chomh cruinn is dá mbeadh duais-seat á chumadh. Níor fhéach sé ar Bhrian ar chor ar bith. 'Ach déarfainn go mbeidh breis is ár ndóthain anseo chun sraith den scoth a dhéanamh.'

'Is cuma liomsa gan dul i gcéin!' Lise de sciuird i gcabhair air, a glór ag crith go misniúil. 'An fharraige chéanna, i gcéin nó i gcóngar. Táim ag súil go mór le turas cadhcanna faoi Aillte an Mhothair. Maidir leis an scúbthumadh, níl láthair níos fearr ná cósta na hÉireann, cloisim – agus dheineas mo chuidse ar an Mórsceir Bhacainneach.'

Tháinig a chaint chuig Brian. 'Turasóireacht in Éirinn, sin a bheidh ann!' Bhrúigh sé a chupán uaidh de chleatar. 'Tá sé feicthe agamsa cheana, an phraiseach a thagann le titim ar chaighdeáin.'

'Cé a luaigh titim?' Faobhar ar Mharcas. D'éirigh Lise ina seasamh. 'Táimse ag dul amach má tá Brian chun aighneas a tharraingt.'

'Beimid leat i gceann nóiméid…' a chaith Marcas ina diaidh.

'Féach,' a dhírigh sé ar Bhrian, go práinneach, 'níl aon dul as againn. Tá Beanna Boirche gach pioc chomh maith le suíomh ar bith a gheofá in Albain. Chuireas glaoch ar maidin. Gheall siad treoraí dúinn.'

'Treoraí! Tá dóthain taithí agamsa ar na cnoic gan amadán ó thionscal na fóillíochta mar threoraí.'

'Sábhálfaimid costas má tá!' Níorbh fhéidir Marcas a mhaslú. 'Tiocfaimid ar ais chuige sin. Faoi láthair, táthar do mo bhrú chun an tsraith a dhíriú ar an bhfarraige chomh luath agus is féidir. Glacfaidh siad leis na rothair ach sin an méid. Níl an spraoi céanna ag baint leis na harda, dar leo.'

'Dar le cé hé?'

'An comhlacht léirithe, cé eile? Thaispeánas garbhleagan dóibh aréir. Ní maith leo an oiread sin sléibhe a fheiceáil. Blas an chruatain ó thaobh lucht féachana.'

'Tá na hAlpa imithe?'

'Gan amhras. Ach beidh an fharraige gach pioc chomh heachtrúil. Níos mó, b'fhéidir.'

Tost buile ar Bhrian. A mhallacht ar an bhfarraige!

'Ba mhaith leo breis de Lise a fheiceáil ar an scáileán, a deir siad. Tá sí faoi scáth go fóill. Nach bhfuil?'

Phléasc taom feirge ar Bhrian. Ní raibh ann ach cúpla soicind, ach dóthain ama chun é féin a loisceadh le neart na seirbhe.

'B'fhearr leo í ag pramsáil timpeall, ag luascadh na gcíoch leis an lucht féachana, an ea?' Rinne sé iarracht tarraingt siar. 'Nílimse á rá go bhfuil sé sin i gceist, ach sin mar a thiteann sé amach. Cláir mar sin le feiceáil i ngach áit: cíocha agus cacamas in ionad dúshláin dá laghad.' Racht as an nua air. '*Jackass*aíocht i ndán domsa arís is dócha!?'

'Ní hé sin atá i gceist ag éinne. Ach éilíonn an teilifís a cuid, tuigeann tú féin é sin. Tá's agam go bhfuil díomá ort. Geallaim nach mbeidh maolú faobhair ann, pé rud eile a tharlaíonn. Ná bí buartha faoi sin.'

'Go raibh maith agat, ach cén chaoi nach mbeinn buartha?' An racht séidte, seirfean tuirseach air ina dhiaidh. 'Turasóireacht agus faisean cois farraige. Tránna

Breátha na hÉireann is dócha? Oirfidh sé sin níos fearr di!' Thug sé teannas an stiúrthóra faoi deara is d'iompaigh de gheit: bhí sí ina seasamh i raon na gcluas, díreach taobh thiar de.

Beanna Boirche

Lise agus Brian ag bárcadh allais, rothair ar na guaillí acu. Mhúch seisean a dhúil san iomaíocht ag bun na fána, ach chroch sise a meaisín in airde is chrom ar bhogshodar os a chomhair. A leithscéal gafa is athghafa aige i rith an lae, maithiúnas de chineál tugtha. 'B'fhéidir nach raibh tú ag iarraidh mé a mhaslú, ach b'in an toradh a bhí air. Ba chóir duit smaoineamh sula scairdeann tú!'

Bolláin ar mhullach a chéile ar thalamh shleamhain. Beanna Boirche ina dtimpeall, fuaruasal, caolard, na sciortaí druidte aníos le doicheall roimh na rothair. Faoi mar a bheadh lucha ar an urlár.

'Féach ar an gcreimeadh a dhéanann siúlóirí!' arsa Brian. 'Nílimidne níos measa, an bhfuil?'

'Ní maith le daoine meaisín ar bith sna cnoic.' Lise ag argóint le haghaidh an cheamara. Buntáiste ag Brian go raibh dúil aige sa chonspóid: buntáiste aici siúd go raibh sí ciallmhar ina cuid tuairimí. Ba chuma le Brian seasamh drámata a ghlacadh ach fuinneamh a bheith ag dul leis. 'Cé a thabharfadh *meaisín* ar rothar sléibhe a thuilleadh? Níos cosúla le géag bhreise. Fadú coirp.'

'Cosúil le scíonna?'

'Díreach é! Sciáil. Cén fáth nár smaoinigh mise air?'

'Nach gclúdaíonn an sneachta an talamh sa chás sin?' Ghearr sí an fód go néata faoi. 'Níl cosaint ar bith i gcoinne an rotha!'

'Bhuel…' thit sé siar ar an mbliústar, 'iompairse trasna an tsléibhe é. Beidh mise sa diallait a luaithe a shroichfimid an bhearna.'

An comhrá á thaifeadadh, Marcas ar laftán beag níos airde. D'airigh Brian go raibh an giotán fuaime ab fhearr ag Lise arís. An bhruinneall is an bhrúid, grástúil is garbh, an spéirbhean is an bodach, mainicín is moncaí…

Marcas suas is anuas mar a bheadh cú sléibhe. Ní raibh an diabhal ceamara mórán níos éadroime ná rothar agus mhéadaigh meas Bhriain arís air, i gcoinne a thola. Steve chomh ciúin le scáth, an micreafón is an tríchosach leis. Bhí na pubaill is na málaí in airde ag Bearna an Ghiorria cheana féin. Theastaigh ó Bhrian an t-ualach a iompar ina aonar, ach ní éisteodh an fear fuaime leis. Chreid Lise ar dtús go ndearnadh an obair ar a son le cur in iúl nach bhféadfadh sí a cuid féin a dhéanamh.

A luaithe a thosaigh siad ag treabhadh in airde cois na Treasaí, ba chuma faoina gcuid braistintí. Gairbhéal is féar: ísealghiar, glúine ina loiní, sracadh agus sciorradh.

Chuir Marcas stop leo. 'Níl aon dealramh leis. Caithfimid pointí féachana a aimsiú.'

'Cairéal beag thuas ar chlé...' a luaigh Brian.

'Nach bhfuil ár ndóthain cairéal againn?'

'Iarsmaí oibre ann, sort músaeim amuigh faoin aer. Agus an bealach ar aghaidh le feiceáil uaidh.'

Ba dheas le Lise an láthair, seoidirí ag siosadh i measc na gcloch, fuiseog san aer. Dúirt Brian nárbh aon fhuiseog í ach banaltra na cuaiche, an riabhóg. Dhiúltaigh Steve a thuairim a thabhairt cé gur shaineolaí é. Amach ó bhéal an ghleanna bhí talamh feirme leata go crannmhar i gcéin gur chruinnigh sé ina scáil thomach ag bun an aeir, áit inar éirigh néalta boga mar a bheadh galóga i ngoirme an lae. Nó b'in mar a chonacthas do Lise é. Dar le Brian go raibh treibh eile cois Loch nEathach i mbun comharthaí deataigh agus gurbh fhearr dóibh iad a thuiscint ar eagla go mbeadh ionsaí á phleanáil.

I bpíosa chuig ceamara chuir sé suim faoi leith sna saoir chloiche agus an obair láimhe a tréigeadh ar thaobh an tsléibhe nuair a theip ar an margadh eibhir na scórtha bliain roimhe sin. Shantaigh sé bloc cloiche faoi leith, breis is méadar ar fad a dhéanfadh fardoras álainn in áit na coincréite. D'áitigh sé seat orthu, an rothar ina sheasamh mar a bheadh asal, eisean ag cur na n-áthán amach ag iarraidh an gallán a lódáil, péire uillinn ar Lise ag faire air.

Bhí ar Mharcas dul síos píosa chun go scinnfidís thairis anuas i dtreo na habhann. D'fhan siad sa luíochán os a chionn, Brian luite amach ar lámha an rothair mar a bheadh Apache ar mhuineál capaill. D'aistrigh Marcas a shuíomh thíos, scaoil an tIndiach osna agus shuigh siar sa diallait – rud nach raibh riamh ag Apache. D'amharc sé uirthi, taobh leis, í chomh hullamh le rásaí, clogad néata, gruaig siar, cumhdach glúine is uillinne, an t-iomlán chomh lonrach le banlaoch i gcluiche ríomhaire. An diallait íslithe aici mar ba chóir le haghaidh na fána anuas, chun an meáchan a choinneáil siar, í ina suí ar an roth deiridh geall leis. Níor bhac sé féin mórán leis na cleasanna úd. An mbeadh Apache ar thóin a chapaill le fána anuas? Ach ba dheacair dó breathnú ar a craiceann foirfe taobh leis gan smaoineamh ar ghairbhe na carraige laistíos. Rith na cáithníní ar a sheithe féin. Níos mó dochair déanta dá chorp le rothar sléibhe ná le trealamh ar bith eile. Sciorr sé caoga méadar le fána ar Half Dome, a bhí luaite ag Fiach an ghuaisbhirt, an charraig ina scríobán cáise. Téacs gach re lá anois ón iriseoir éilitheach.

'Lise, tá's agam nach maith leat mé...' Scige neirbhíse. 'Ach ná samhlaigh go bhfuilim i do choinne!'

'Cion nó díchion,' ar sise, go ceartaiseach, 'beadsa gairmiúil i leith gach éinne, is cuma liom cé hiad.'

'Caithfidh go bhfuil Marcas buartha faoin teannas.'

'Marcas!? Níl rud ar bith níos nimhní, a deir sé, ná milseacht bhréagach ar an scáileán. Aontaím leis. Ba mhaith liom seile a chaitheamh uaireanta…'

An-éifeacht go deo ag Marcas uirthi. Strainséir le ceamara póca i nDeilginis is thit sí as a chéile; tarracóir digiteach ar a ghualainn ag Marcas is níor bhain sé cleite aisti. Í ullamh chun níos mó fós a thabhairt.

Las Brian le hinspioráid. 'Déanfaimid bua den teannas? In adharca a chéile, tusa ag stróiceadh mo chuidse gruaige, mise ag polladh do rothair. Fan, bheadh ormsa é a dheisiú.'

'Dhéanfadh Steve é. Nár iompair sé mo phuball chun na bearna?' Gach duine ina laoch ach Brian féin.

Rop siad chun bealaigh, Lise chun tosaigh, ar ordú Mharcais. Thug Brian faoin bhfána mar a bheadh bacrás ann, gach constaic le sárú tul i dtul ag pocrothaíocht; chuaigh sise timpeall orthu mar a bheadh slalóm, ag fiaradh is ag tabhairt na gcor. Scar siad leathbhealach ach shroich siad an abhainn le chéile.

***

Na rothair á n-iompar acu, chuir Brian eilc na hÉireann, an Fia Mór, in aithne don cheamara. Adharca ar chloigeann an ainmhí, a dúirt sé, méadar agus breis ar fad. Trí mhéadar ó thaobh go taobh. Leathan, tiubh, trom, ilphointeach. Ní hionadh go ndeachaigh an speiceas in éag. Ach iad ar a mbealach ar ais...Rug sé greim ar an dá chabhail rothar is chroch ina seasamh ar a ghuaillí iad, cúlroth lena leiceann clé is deas. An dá dhorn á gcoinneáil ina gcolgsheasamh. Chuir hanlaí an dá rothar gliogar astu ag luascadh ó thaobh go taobh. Phreab Lise as a bhealach ar eagla timpiste. D'ísligh sé na beanna de ruathar bréige – thosaigh rothar ag sleamhnú óna ghreim. Steve ann gan fuadar le tréanlámh chúnta.

Ar éigean a d'airigh Marcas déine an ghnímh. Bhí ar Bhrian é a dhéanamh arís, faoi dhó, chun pointí féachana a sholáthar.

'Seo leat,' arsa Lise, agus pus uirthi, 'coinnigh mo rothar go dtí an bhearna.'

'*Cut!*' arsa Marcas, sásta. 'Sin deis ag an eagarthóir tiontú chuig píosa nua. Caithfear smaoineamh ar an eagarthóir i gcónaí.'

Shuigh siad an dá phuball ar mhínleog féir. Lastall de Chlaí Bheanna Boirche agus fánaí Shliabh Bearnach os a gcionn, an claí grástúil ag rith anuas ina ribín eibhir, dhá mhéadar in airde, críochnaithe le clocha dín, é ag éirí is ag titim go rialta thar bac is constaic gur shroich sé Bearna an Ghiorria is scuab in airde d'athléim soir ó thuaidh i dtreo Shliabh na gCloch. D'inis Lise scéal na tógála, dhá mhíle is fiche d'obair láimhe, ocht mbliana déag, agus briseadh ann don chéad chogadh domhanda. Taiscí uisce Bhéal Feirste laistigh. Rinne sí botúin sna figiúirí is bhí sé de dhánacht ag Brian í a cheartú. Bhain sí sceilp as de dheasca na postúlachta.

D'iarr Marcas uirthi a tearmann a bhogadh ní ba chóngaraí do Bhrian, go mbeadh an dá phuball béal le béal, fad póige óna chéile.

Drogall uirthi. 'Cá mbeidh sibhse?'

'Óstán sa Chaisleán Nua.'

'Tá tú do mo thréigean leis an eilc seo?'

'Níl pubaill againn, an bhfuil? Nó málaí codlata. Mura gcuirfimid sibhse in aontíos le mála amháin, mise agus Steve sa cheann eile?'

Déanach amach sa lá bhí na dromanna ar chlé is ar dheis fite, idirdhuillithe ceann ar cheann, grian is scáil, filltín lúbach an ghleanna ag sní soir i dtreo na farraige, an cosán sléibhe ina scríob liathbhán ar chliathán sléibhe. Thug siad sciuird in airde go Sliabh na gCloch is rinne seatanna scáile i gcoinne na farraige.

'Chomh deas le rud ar bith in Albain?'a d'fhiafraigh Marcas go séimh. 'Tá cothrom daonna sa radharc nach bhfuil? Airigh saibhreas an tsolais, ealaín na scáile. Meallann an cóimheá iontu an tsúil. Sin an tseanchuimhne atá le spreagadh i samhlaíocht lucht féachana. Ní tranglam carraige a spreagann é.'

'B'fhéidir é,' arsa Brian, roic ina mhalaí, 'ach nach bhfuil difear idir áilleacht agus eachtra? Braitheann sé cá gcuirtear an bhéim.' Bhí Marcas i mbun an chéad ruda eile cheana féin.

'Anois, a choiníní, isteach sna poill libh!' Bhailigh sé Brian chuige. 'Tusa i mbun na cócaireachta. Táimid chun seatanna a dhéanamh ó phuball go puball, trí na doirse mar a bheadh tollán. Beidh an lucht féachana ag súil leis an oíche a chaitheamh libh.'

***

D'éirigh an ghealach féin i bhfad ina dhiaidh sin. Uisce á bheiriú, luigh Brian ar a uillinneacha ag breathnú amach dó.

'Lise?!' Útamáil, í ag casadh timpeall ina puball féin. An tollán druidte ó thús. Rop an tsip ar oscailt.

'Nochtadh na brídí!' arsa Brian, de ghlam. ''Bhfuil cupán tae uait?'

'Cén cineál tae?'

'Tae, sin an cineál.'

'Má tá sé ar fáil.'

'Tá, ach an cupán a ghéilleadh.'

Bhí cúldoras sa phuball aici, dírithe sa treo eile, an ghealach as radharc uirthi. Leath a béal nuair a chonaic sí an lonrú órga de dhroim an tsléibhe.

'Beimid tinn le goin na ré.' Brian, an file.

'Ní bheidh!' Strainc uirthi. 'Cad a chuir tú sa tae?'

'Chuir mé tae ann. Níl bó ar bith anseo.'

'An gcuirfidh mé téacs chucu bainne a thabhairt leo ar maidin?'

'Sea, agus cupán.' Ba gheall le póg é, a dúirt Brian níos luaithe, cupán amháin a roinnt. Lean sí uirthi. 'Cén fáth nár fhan siad le solas na gealaí? Bheadh sé diamhair ar an scáileán.'

'Ní bheadh. Ródhorcha don cheamara.'

'Saineolaí tusa, nach ea? Dála an scéil, bíodh is gur shaothraigh sibh le chéile cheana – Majella agus Marcas is eile – cad a tharla don scannán úd?'

'Fuaireamar Oscar.'

'Tusa lán de cheol! Ní bhfaighidh tú duais an t-am seo. Cé go raibh cleas úd na heilce go maith. Níos láidre ná mar a ligeann tú ort, nach bhfuil?'

'Nílim ag ligean rud ar bith orm!'

Tost tamaill. Nuair a labhair sí arís bhí mianchumha ina guth.

'Caithfidh mise teacht ar thrádmharc éigin. Sin a thuilleann sainaithint duit ar an teilifís. An gcleachtann tú roimh ré?'

Ba dhóbair dó gáire ach bhí riachtanas lom ag baint léi a chuir i gcuimhne dó an fhulaingt i lár na haille. Dá chliste í, bhí rud éigin ollmhór le cruthú aici.

'Déanaim na geáitsí sin de réir mar a ritheann siad liom. Maith go leor má oibríonn siad. Murach Steve bheadh mo rotharsa ina raic.'

'Thugas faoi deara! Ach d'éirigh leat. Ba mhaith liom teacht ar ghníomh éigin — is cuma liom é a bheith greannmhar ach eachtra a sheasann amach, a léiríonn nach núíosach mé.' Stad sí, bacach, 'núíosach atá ann le bheith...'

'Gnéasach? Nár chruthaigh tú go hiontach ar an gcarraig? Agus tá tú déanta le haghaidh an rothair. Tóin mar a bheadh diallait — ní hea! Fan go mbeimid ar an uisce. Déanfaidh Marcas pleidhce díomsa a luaithe is a aithníonn sé mo chuid laigí.'

'Níl sé chomh furasta sin. Tá's agam go mbeidh an ceamara ar mo dhroim thar rud ar bith eile amárach ag trasnú an tsléibhe. Shílfeá gurb é sin an fáth go bhfuil mé ann.'

'Cad tá cearr le mo thóinse? Mise chun mo chearta a lorg!' Fonn air í a choinneáil ag cabaireacht. Ní raibh aon ní chomh huaigneach le solas na gealaí gan chaidreamh. 'Conas a tharla gur chuir tú suim i gcúrsaí spóirt? Chuala mé an spéic don cheamara, tú ag breathnú ar Sonia i do dhéagóir, blah, blah, blah, ach…'

'Tógadh le lúthchleasaíocht mé. Más gá dom é a rá.'

'B'in an fáth go raibh na trialacha bog ort! Ní haon ionadh gur bhuaigh tú.'

'Bhíos splanctha le spórt ach níor shamhlaíos buachan choíche. Oilte don dara háit, bonn airgid ar a mhéid. Oidhreacht Sonia, i mo shuí ag a sé ar maidin ag traenáil – rith, snámh, chuile shórt. Traenálaí ab ea m'athair…' Dhruid sí a béal.

'Conas a d'éirigh leat?'

'Oilte chun slí a ghéilleadh. Umhlaíocht an leanúnaí.'

'Deartháireacha a bhí ciontach, is dócha?'

'Ní raibh ann ach mé féin. Mé i mo pheata ag m'athair, gan d'iomaíocht ann ach mo mháthair.'

'Conas san?'

'Nílim chun a insint duit agus ná ceap go bhfuil!'

'Ach do mhuintir...' Brian ar bior. 'Conas a réitigh tú leo?'

Níor fhreagair sí agus lean sé féin de shruth. 'Ní le bheith fiosrach, tá's agat, ach tógadh mise i gclann díograiseach. Dochtúir agus múinteoir; brú orainn a bheith cosúil leo. Mise an mac is óige. Lig siad orthu ar feadh i bhfad gur stócach fós mé, nár shroich aois na céille...'

'An ceart acu!'

'D'fhágas spás duit chun é sin a rá. Dúirt mé leo go raibh ciall cheannaithe agam; nach raibh mé chun saothrú in oifig agus galf a imirt.' Bhí sé an-ghar do leanúint air le mire na gealaí, rud éigin nua a nochtadh, fírinne a chuir faitíos air féin. Gurbh eagal leis go raibh sé ag rith ar an aer, is go dtitfeadh sé dá n-admhódh sé é. Sheol sé iris ón Astráil chun a athar ina raibh alt ag cur síos ar a chuid eachtraí. Fuair sé litir ghonta ar ais: Cuimhnigh go bhfuil do mháthair ag dul san aois is an tsláinte ag teip uirthi. An-imní uirthi fút. Nach bhfuil sé in am agat smaoineamh ar dhaoine eile?

Thug sé faoi deara nár ól Lise an tae. Díhiodráitiú orthu beirt ach níor thuig sise an coincheap. Faillí mar sin faoi deara an dara háit i gcónaí, b'fhéidir.

'Céard a dhéanfaidh tú nuair a bheidh an gig seo thart?' a d'fhiafraigh sé.

'Cá bhfios? Níl a fhios agam fós an mbeidh mé in ann é seo a dhéanamh. Ní raibh súil dá laghad agam leis.'

Nach raibh? Bhí Brian sceiptiúil. Mianach éigin inti a chuir imní air. Scrúdaigh sí an tae fuar sa chupán agus chaith ar leataobh é.

'Cad mar gheall ort féin?'

'Ar ais chun na hAstráile – níl mé cinnte.'

'Beidh Mirella ag feitheamh?'

'Ní bheidh. Ná mise.'

'Shíleas gur mhaith leat a bheith i do réalt? Nílim á rá go bhfuil tú go maith ach tá tuiscint éigin agat ar an gceird. D'fhéadfá trealamh a iompar do na foirne?'

B'fhearr an griogadh ná an ghangaid. Réalt? Bhí sé i gcaife ar Shráid Grafton agus shuigh bean síos ina theannta. Níos sine ná é agus plámás ag teacht uaithi gur aithin sí é ón bpoiblíocht i dtaobh na sraithe. Ceist i ndiaidh ceiste aici, neamhurchóideach. Ní raibh nótaí á mbreacadh nó rud ar bith a chuirfeadh amhras air ach súil spideoige aici a bhí meidhreach, dar leis, go raibh sé ródhéanach.

''Bhfuil clann ort, a Bhriain? Páiste ar bith? Fear óg, dóighiúil, caithfidh go...' Fós níor aithin sé céard a bhí ar siúl. 'Clann ar bith ach mé féin. Tá mé neamhspleách, saor go fóill.'

B'in an uair a d'athraigh sí. 'Cloisim go bhfuil cúis atharthachta á tógáil i do choinne. Céard é do thuairim faoi?'

Thréig sé an bord mar a bheadh a chathaoir trí thine. Ghlaoigh sé ar Mharcas…'Dúirt mé leat a bheith aireach. Ná hinis rud ar bith dóibh go dtí go ndeirim leat!'

'Níor inis…' Bhí sé chun na téacsanna a lua, ach bhí Marcas imithe den líne.

***

Thrasnaigh siad Beanna Boirche ar Chosán an Bhranda an mhaidin dár gcionn. Seanbhealach smuigléireachta. D'inis Brian scéal an rothaí a ghabh thar teorainn gach lá agus lucht custaim ag faire air. Fuarthas amach i ndiaidh a bháis go raibh sé ag smugleáil rothar. Níor oibrigh an scéal ach ba leasc leis é a fhágáil. Thriail sé ar bhealaí éagsúla é go dtí gur sheas Lise sa seat taobh thiar de, béalleathan le méanfach.

Thrasnaigh siad bearna gharbh idir Sliabh Beag agus Colúin Shliabh Coimheádach, túir chreimthe, cumair chrochta eatarthu. Cé nach raibh an cosán géar bhí sé garbh, níos mó iompair déanta ná mar ba mhian leo faoin am sin. Marcas ag bun na gCaisleán rompu. An bealach róchothrom, dar leis.

'An bhféadfadh sibh…?' Chlaon sé a chloigeann i dtreo na dtúr titimeach. Léim Brian dá rothar is bhrúigh chuig an stiúrthóir é. Bhí stríoca fola ar a chraiceann. 'Seo leat,' ar sé go tur, 'triail tú féin é!'

'Nach bhfuil sé indéanta? Shamhlóinn…'

'Maidhm chloiche ina stad go sealadach!' D'amharc Brian go géar air. 'Dár ngriogadh atá tú? Ní mhairfimis le cultacha iarainn thuas ansin, ná bac na rothair.'

'Bhí imní orm go mbeifeá ag tnúthán le hachrann na hAlban.'

'Nílim ag tnúthán ach le talamh mín …' Lonraigh sé go tobann. 'Seo ceann! Cúrsa gailf agus comórtas ar siúl? Na rothair ar mire fad an mhínligh, iad inár ndiaidh leis na bataí, muid ag treabhadh na bplásóg amais…bí ag trácht ar chúrsa na slat a rith!' Bhí sé ar lasadh. 'Tá's agat go ndeachaigh rothar sléibhe de ghlanléim thar babhta den *Tour de France*? Ghread sé anuas le fána is amach ina stua eitilte thar chloigne an *peloton*. Thuirling sé ar an bhfána laistíos… Sin ceann duitse, Lise! Trádmharc á lorg agat.'

'Céard a tharla dó?'

'Bhris sé géag nó dhó – ach rinne sé é. Fiche soicind. I bhfad níos spleodraí ná na fágálaigh úd ag sraoilleadh ar fud na Fraince bliain i ndiaidh bliana.'

Chuir siad Marcas in airde is tháinig arís de ruaig ar chuar an chasáin, ag batráil ar spallaí an tsrutha, na rothair ag preabadh is ag sciorradh ar chiumhais titime taobh leo. De réir mar a chas an ceamara d'oscail gleann gleoite Áth na Long amach fúthu, droim bheannach ar an dá thaobh, fánaí géara aitinn is carraige, an radharc ag leathadh amach ar an leibhéal i dtreo an chósta. Tharraing Marcas ar ais iad chun é a athdhéanamh mar sheat fada. Bhainfeadh sé an tríú babhta as, dá ligfí dó.

Ba é an seat ab fhearr ná Lise de ruathar anuas le fána, marcaíocht na dtroitheán, coscáin ag scréachaíl, réabadh timpeall an chúinne, cúlroth sciorrtha, toirt sléibhe sa chúlra, an rothar iomlán san aer de dhroim tulóige, tuirlingt de phlimp sa sruth, an t-uisce ag cáitheadh ceatha chun an cheamara – is an gleann glas ar lánleathadh de thurraing lena teacht ar an láthair. Rinne Marcas cúlchasadh ar an sraitheog is thaispeáin di sa tsúilín é. Ba chuma léi a mhinice a d'iarrfaí uirthi é a dhéanamh, ach é a bheith foirfe. Duais-seat an chláir aici – radharc a bheadh sna teidil, sna fógraí, sa phoiblíocht – agus bhí a fhios aici é.

'Aon rud eile le diúl as?' Drogall ar Mharcas an láthair a thréigean.

'Tá,' arsa Brian. 'Lise! Tóin-seat!'

Chrom sí agus scuab lán a boise den ghaineamh garbh. Leathuair ina dhiaidh ar sciortaí Shliabh Dónairt, bhí sé fós ag seiliú gairbhéil, Lise díreach os a chomhair, na mása ag luascadh, cuidsúlach, le rithim an chosáin. Chuir sé gráinnín eile amach as a bhéal, ábhar péarla ach cuar bog a aimsiú dó.

Claí Bheanna Boirche os a gcomhair arís ina shiúnta glan anuas Sliabh Dónairt mar a bheadh dhá leath an tsléibhe táite le chéile. Cóirithe ar an dá thaobh, clocha dín ina sraith chothrom, shnigh sé anuas beag beann ar aon bhacainn. Dréimire adhmaid chun é a thrasnáil ar an mbearna.

Brian in airde ar dtús, a rothar leis. Sheas sé nóiméad ar barr. Tharraing an rothar chuige, shocraigh ar na clocha mullaigh é, scaoil a ghreim ar an adhmad, chroch géag thar diallait agus d'imigh leis feadh an Chlaí. Chnag sé ó leac go leac go raibh sé píosa uathu nuair nach raibh an rithim phreabach le feiceáil a thuilleadh. Ní raibh ann ach rothaí ar fhaobhar an Chlaí, chomh tomhaiste le taistealaí bóthair, titim a bhrisfeadh a mhuineál taobh leis, fána anuas os a chomhair.

'Ar ais!' a scread Marcas. 'Ní bhfuair mé é.'

Chuala siad díoscadh na gcoscán, cos anuas ar an dá thaobh aige.

Sciorr sé an fráma amach faoin ngabhal, scuab ina thimpeall é mar a bheadh cába tarbhthrodaí. Ba leithne na clocha mullaigh ná an claí féin agus gan taca faoi na ciumhaiseanna. Níor mhór dó siúl i lár baill. Marcas in airde cheana féin ar an gclaí cúng. 'An chéad seat, ag gabháil uaim. Rachadsa chun tosaigh ansin; tusa inár dtreo. Sliabh Dónairt is an Claí taobh thiar. Féach, an bhféadfá sciurdadh ón mullach anuas chugainn…?

'Má tá a chuid *cojones* leath chomh mór is a shamhlaíonn sé,' arsa Lise, 'ní mholfainn dó titim dhá mhéadar ar dhiallait an rothair úd.'

Ceann Tíre

'Cruinniú príobháideach!' Dheimhnigh Brian na coinníollacha. 'Idir mise agus tusa amháin! Gan a bheith ar an taifead?'

'Maith go leor,' a d'fhreagair an guth réidh, 'aontaím.'

Thiomáin Brian go Cill Mhantáin ar feadh an chósta, tríd an mbaile dlúth agus soir ó dheas, galfchúrsa ar chlé. Tharraing ar leataobh is stad i sliotán cúng páirceála, an fharraige laistíos. Tráthnóna gaofar. Bruscar ag eitilt, fiailí sna fálta, trácht ag scinneadh thart. Ceann de laethanta míshocra an tsamhraidh gan dealramh saoire air. Shleamhnaigh carr isteach ina dhiaidh. Toyota Eastáit, dubh. Brian ag faire sa scáthán. Strainséir ag siúl ina threo. Seo mar a bheadh, a shamhlaigh sé, agus fógra cúirte á sheirbheáil. Nó barántas gabhála. Gruaig dhubh, prúnáil de dhíth air, *jeans* is seaicéad. Níos sine ná Brian. Ba léir ar a chroitheadh láimhe gur mhór ag Fiach an teagmháil.

'Iontach deas bualadh leat. Is laoch liom le fada thú.' Cruachaol, scáil ar a chraiceann, mar a bheadh easpa codlata air. 'Ní raibh mé cinnte fiú an bhfuair tú na téacsanna!'

'Tharraing tú trioblóid orm.' Níor ghéill Brian go héasca. 'Faoi dhó. Táim ag íoc as ó shin.'

'Mo leithscéal go deo leat!' Aiféala air ach preab sna súile mar sin féin. 'D'imigh sí le báiní. Gan chúis. Ní rabhas ach ag póirseáil timpeall.'

'Conas a tharla duit a bheith ar an trá úd?'

'Fuaireas glaoch ón óstán á rá go raibh tú chun Binn Ghulbain a léim.'

'Sin mar a fhaigheann sibh scéalta? Cheapas gur chum sibh as an aer iad.' Bhí ionadh ar Bhrian chomh cruinn is a bhí na téacsanna. Saineolas iontu. Faoi dheireadh ní fhéadfadh sé ach freagairt.

'Irisí, suíomhanna idirlín, blaganna. Uirlisí na ceirde.' Gheal Fiach arís. 'Cén fáth nach bhfuil blag agat féin? Ríomhphost fiú?'

'Scríobh nó gníomh, adeirimse. Beart nó blag.' Chroith Brian a ghuaillí. 'Is fearr liomsa aicsean.' Níor admhaigh sé nach raibh gníomh ar domhan níos déine air ná scríobh.

'Léigh mé faoin gclár sneachta i dtuairisc Ghearmánach, in ainm Dé! Tháinig tú anuas na Grandes Jorasses!'

'Turnamh na Taisléine? Rinneadh cheana é. Níos mó den rópadóireacht anuas ná den chlár sneachta.'

'Ach tá suim ag daoine sna heachtraí sin. Éachtaí. Faighim freagairt an-mhaith don cholún aon uair a luaim tú. Sin an fáth gur mhaith liom píosa cuimsitheach a scríobh.'

'Cén fáth nár iarr tú coinne tríd an oifig?'

'Ní bhfaighinn é. Cairde móra ag Marcas sna meáin. Is máistir ar an bpoiblíocht é. Sin an fáth go bhfaigheann sé sraith i ndiaidh a chéile. Déanfaidh sé splais mhór libhse nuair a bheidh sé ullamh. Gerry Ryan; na forlíontacha Domhnaigh. Fócas bog ar ndóigh, ní bheidh aon léargas ann.'

'Táimse faoi chonradh. Ar éigean atáim chun cliseadh air, an bhfuil?'

'Nílim á iarraidh sin ort. B'fhearr liom go n-éistfeá.'

'Cén rogha atá agam mura gcuirim as mo chairt tú?' Thaitin Fiach leis. Ionracas réchúiseach. Cuma na haclaíochta freisin. Ach ní raibh Brian chun é a ghiúmaráil. 'Colún eachtraíochta, sin an méid a scríobhann tú?'

'Ní hea go deimhin. Ceol, léirmheastóireacht. Píosaí agam sa Times go minic.' Réidh, ach cosantach leis. Scuab leoraí thart de ráig, ceann eile ina dhiaidh. 'Éist,' arsa Fiach, 'ní maith an láthair í seo chun aithne a chur ar a chéile.'

'Cad mar gheall ar an gcúlchaint,' a lean Brian air. 'Ráfláil? Déanann tú do chuid féin?'

'Ní oibrím do na táblóidigh, más é sin atá i gceist agat. Nach bhfuil díobháil ag baint le teilifís freisin?'

'Sraith eachtraíochta? Ní teilifís réaltachta é.'

'Ní sibhse a dhéanfaidh an díobháil. Déanfar daoibh é, b'fhéidir.'

'Conas san? Cad atá á rá agat!'

'Comhairle do leasa… Sin fáth amháin go raibh mé ag iarraidh teagmháil a dhéanamh. Éist, an bhfuil tú chun an trasnáil laistíos a dhéanamh? Cloisim go bhfuil sé ar fheabhas. Níl do leibhéal scile agam ná baol air ach ba mhaith liom é a thriail.'

'Má tá an taoide lán. Ní fiú é a dhéanamh ag díthrá. Ró-éasca.'

Ghread Brian chun tosaigh síos chun na farraige, míshuaimhneas air. Díobháil, cén díobháil? Cé gur ghéill sé do na téacsanna le teann fiosrachta, bhí fonn anois air an scáil a chur de. Choinnigh Fiach sna sála air. Siúlóirí ina n-éadan ar an gcosán raithní. Threabh siad duirling ag Ceann Bhríde, ag sliútráil dóibh. Ní raibh bealach chun cinn ag bun na haille ach slapaireacht na dtonn le scairbh is scailp, an taoide ag diúgadh na mbollán is na ribíní ceilpe. Trasnáil aille ar feadh ciliméadair, ag cloí le carraig an bealach ar fad gan briseadh amach ar barr. B'in an dúshlán. Sular luasc sé chun tosaigh ar bhalla sleamhain, bhris Brian an tost.

'Cad atá le rá agat? Níl aon scéal agamsa.'

'Nach bhfuil?' Bhí Fiach fuinniúil. Ní scaoilfeadh sé a ghreim is ní raibh eagla air. 'Níl suim ar bith agamsa ann ach tá daoine ag cúlchaint faoi pháiste. Ní tréigthe abair, ach…séanta?'

Stad Brian i lár an bhalla, na súile ag loscadh.

'Dar m'fhocal,' arsa Fiach, 'is cuma liomsa faoi! Cloch sa mhuinchille ag na táblóidigh. Ba mhaith le cuid acu Marcas a pholladh. Tá sé ag éirí ró-uaibhreach dóibh. Níl siad anuas ortsa go pearsanta ach beidh tú úsáideach mar uirlis.' Thriail Fiach greim coise.

'Cad is féidir liom…?'

'D'fhéadfá an dlí a bhagairt orthu ach scriosfaí tú ar aon chuma. Neamhshuim an rogha is fearr. Lig dóibh. Nó triail atharthachta má tá tú cinnte nach bhfuil tú freagrach.'

'B'in glaoch fóin eile a fuair tú is dócha?'

'Tagann líomhaintí isteach go minic, i gcoinne pearsana aitheanta. Sa chás seo tá foinse eile ann chomh maith. Scrioblálaí a chaith tréimhse san Astráil. Aithne aici ort, a deir sí. Siobhán?'

Chlis Brian; dhiúltaigh sé cuireadh ón tsearbhóg úd níos mó ná uair amháin in Melbourne. 'An bhfuil sise ag cur atharthachta i mo leith freisin?'

Chroith Fiach a cheann, comhbhách. 'Níor mhaith liom í a bheith sna sála ormsa.'

'Sin an fáth go bhfuil tú do mo chéasadh? Aon rud eile?'

'Do chomhláithreoir! Sin scéal i bhfad níos doimhne.'

'Níos doimhne? Ní leor mé a bheith i mo thréigtheoir, tá mé éadomhain chomh maith! Ar m'fhocal, thabharfainn an leabhar air nár thréig mé éinne. Ghlan siad leo leis an Mamó – go dtí áit éigin i gCiarraí gan oiread is seoladh a fhágáil. Nach raibh buachaill eile aici i mo dhiaidhse!'

Chuala sé macalla ón ospidéal: Mirella ag magadh. 'Is é do mhacasamhail ghlan é! Do shúile – is an gheanc cheannann chéanna.'

'Agus labhraíonn sé díreach cosúil liom,' a chaith sé ar ais, go bacach. Níor shamhlaigh sé ar dtús go raibh oiread is dath na fírinne ann. Diaidh ar ndiaidh chuaigh diongbháltacht a chairde i bhfeidhm air. Theastaigh leanbh ón gcailín. An rún sin acu uile ach aige féin.

Fiach agus Brian ar bhinse cloiche ag feitheamh go nglanfadh carraig bháite, céim chos-ardach ansin chuig siolpa.

'Éist!' Bhí Fiach dáiríre arís. 'Roghnaíodh beirt agaibh, anaithnid, chun sraith nua a iompar. Búir mhór stoic is trumpaí. Fios ag an saol faoin réamhroghnú. Thuig Marcas cad a bhí uaidh. É nótáilte chun aird a tharraingt…' Fiach i mbun léime. Ar éigean a bhain sé amach an fargán ar a raibh Brian cromtha, snaidhm ina mhalaí.

'Fiach! Tá's agam nach mise an té is cliste sa rang. Disléicse agus uile. Cad atá á rá agat, in ainm Dé?'

'Breathnaigh siar ar obair Mharcais. Teannas, searbhas; siamsúil b'fhéidir, ach díobhálach. Sin mar a mhealltar lucht féachana. Caithfidh tú a bheith ar an airdeall chun tú féin a chosaint.'

'Cén fáth go bhfuil tusa á insint dom?'

'Dúirt mé leat gur laoch de mo chuid tú! Ina dhiaidh sin féin, bheinn ag súil le cabhair uait – má bhriseann an scéal.'

'An scéal? Mise mar thréigtheoir?'

'Níl tú ag éisteacht, an bhfuil? Ní tusa…Ise! B'fhéidir nach cuimhin leat an méid a tharla sna scoileanna úd, breis is deich mbliana ó shin, scoileanna cailíní, an-bhéim ar spóirt? Cóitseálaithe áirithe fostaithe acu?'

'Traenálaithe? Bhí a hathair…' Dhruid Brian a bhéal.

'Díreach é! Anois, tá tú ag éisteacht.'

Fiach ag iarraidh dul i ngreim le faobhar garbh, mar a bheadh tua charraige fiche troigh in airde ar fiar san uisce. Chaithfí léim chun breith ar eang láimhe go hard ar an imeall agus luascadh timpeall chun na leice ar an taobh eile. Bhí Brian ann cheana féin. É ar tí lámh chúnta a shíneadh, d'fháisc sé a dhá dhorn. Spréacha ina shúile. 'Sin atá ar siúl agat. Tochailt salachair? Cneá a athoscailt!'

Sciorr Fiach ar gcúl arís de leath-thitim, fuair seasamh ar bhollán, uisce lena shála. Os a chionn, bhí an chuma ar Bhrian gur mhaith leis cic a tharraingt. 'Ní hé ar chor ar bith…' Fiach tuisleach den chéad uair. Na bróga báite. 'Bhí mo dheirfiúr féin ar scoil le Síle.'

'Ar scoil le cé hí?'

'Síle! Do chomhláithreoir. D'athraigh sí a hainm. D'fhág siad Baile Átha Cliath, í féin is a máthair.'

'Do dheirfiúr?'

'Snámhóir óg. Neamhurchóideach amach is amach! An chuid eile, chuir siad díobh é, ach… '

'Ach?'

'Loite. D'éirigh sí as an snámh, b'in an chéad rud. Babhtaí den ghalar dubhach uirthi ó shin. Níl teorainn leis.'

'Conas atá sí anois?'

'Féinmhillteach. Mífheidhmiúil. Alcól. Timpiste cúig bliana ó shin. Ar éigean a tháinig sí as. Thart faoin am ar scaoileadh amach as príosún é. Ghéaraigh sí ar an luas roimh an gcúinne.'

Síneadh an lámh amach arís, cos i dteannta ar an leac lastuas. Sciorr Fiach, sliopach air, is thosaigh ag luascadh amach ón gcarraig mar a bheadh comhla ar insí scaoilte. Géag amháin in airde sna buillí snámha aige. Rug Brian greim ar an rosta is tharraing. Chuir a neart féin ionadh air. In ainneoin an sciorrtha is an ghreadta, thug sé faoi deara chomh bán is a bhí an craiceann, chomh caol is a bhí na luamháin istigh. Ina suí dóibh ar an leac, lean sé den chíoradh. 'Cén fáth go dtarraingeofá scéal mar sin aníos? Nárbh fhearr é a fhágáil?'

Casacht gharbh mar fhreagra. 'Ní mise a mhúsclóidh é! Shíleas go raibh tú ag éisteacht. Beidh sé sna táblóidigh a luaithe is a aimseoidh siad an ceangal. Tá's acu cá bhfuil a hathair. Bhí sé i bhfolach ó scaoileadh é. Nochtfaidh siad é nuair is mian leo agus déanfaidh siad an ceangal léi. Beidh gáir ina coinne is ní bheidh cosaint aici. An domhan mór sáite sna cláir ar ndóigh. Crochfaidh siad í in ionad a hathar.'

'An bhfuil tú á rá gur roghnaigh Marcas…?'

'Níl. Níl a fhios agam. Ach tá instinn aige. Tá mé

cinnte de sin. Instinn don teilifís. Bíonn sé ag iriseoirí áirithe. Srón chun scéil.'

'Ach cén fáth go mbeidís anuas ar Lise? Síle, pé ainm…?'

'Scéal súmhar sa chéad dul síos. Míchlú a tharraingt ar Mharcas chomh maith. Go gcuirfeadh sé os comhair an phobail í. Foircneach ar fad.'

'Nach raibh sise ina taismeach freisin?'

'Cinnte. Ach rinne sí iarracht a hathair a chosaint. Shéan sí an rud ar fad ar dtús, is cuireadh moill ar na húdaráis. Ceithre bliana déag d'aois – maíodh ina dhiaidh sin gurbh í a máthair a bhí sí ag iarraidh a chosaint.'

D'éirigh siad ina seasamh is ghabh chun cinn. Dá mbeadh bealach amach d'éalóidís, ach ní raibh. Pluais chaoch, díon bairilleach air, an taoide ag sú isteach is amach, clagairt na bpúróg mar a bheidís á ndumpáil de dhroim leoraí trí scrogall na huaimhe. D'imigh Brian ar luascthrasnáil faoin díon féin, a chosa ag damhsa ar an aer. D'fhan Fiach gur mhaolaigh an tonn ba threise, scornach na pluaise taosctha, is thug dhá thruslóg sciorracha sna sceallóga cloiche gur shroich siolpa – rómhall, bróg amháin faoi uisce nuair a líon an tonn aníos arís. Bhí faoiseamh agus scanradh araon sa bhéic a scaoil sé. Brian ag breathnú siar, ní fhaca sé strainséir nó stalcaire, ach ógfhear géimiúil le dúil sa dúshlán.

Stad arís chun na bróga a dhraenáil, stocaí a fháisceadh.

'Cén fáth a dteastódh uaithi a bheith ar an teilifís?' Ní fhéadfadh Brian é a thuiscint. 'Teilifís. Ardchúirt an phobail, in ainm Dé!'

'Iompar aird-éilitheach a thugtar air. Tá daoine mar sin ann, a gcuid féinmheasa scriosta. Rud éigin as alt ina saol. Bíonn andúil acu i gcion an phobail. Feiceann tú ina sluaite iad ar na cláir réaltachta. Roghnaíonn siad an fóram is gairbhe chun mearú truamhéalach éigin a chruthú dóibh féin.'

Chroith Brian a cheann. 'Tá sí géar ach níl sí as a meabhair. B'fhéidir gur mhaith léi a bheith, tá's agat, normálta? Cosúil le gach duine eile? Gan a bheith faoi cheilt. Ní dhearna sise tada.'

'Cion agatsa uirthi ar aon chuma. Tús maith. Tá níos mó ceilte ar an teilifís ná áit ar bith eile. Sin fáth amháin go mbíonn súile daoine sáite ann: ag súil le scoilt a fheiceáil sa snaschraiceann agus ainnise éigin á nochtadh.'

'Ach cad a dhéanfaidh mise?' Brian i ngreim ina chruachás féin arís. D'fháisc sé a bhos lena chlár éadain. Chuimil sé fuil gan aird lena bhríste. 'Tá sé go breá duitse. Scríobhfaidh tú cuntas ealaíonta ar ndóigh. Anailís Scannail, rud éigin mar sin – Scannailís?'

'Ní bhacann an *Times* le ráfláil. Ach abair go gcuirtear

an tsraith ar ceal ar chúis éigin, sin nuacht théagartha…'
Scáil stoirme ar éadan Bhriain, treisithe le stríoc fola.
'Rud nach dtarlóidh,' arsa Fiach go mear.

'Samhlaím píosa a dhéanamh leatsa amach anseo; iris
Shathairn an *Times* mar shampla. Cuimsitheach. Dul siar
ar eachtraí do shaoil. Na pictiúir is fearr.'

'Beidh tóir faoi leith orm is dócha má bhriseann
scannal. Mharódh a leithéid mo thuistí. Ar éigean atá
m'athair ag caint liom faoi láthair.'

'I ndeireadh na dála is ilspórtach thú. Cé eile in Éirinn
atá ag gabháil dá leithéid?'

'Fan go bhfeicfear ar an bhfarraige mé!'

'Mar a deirim. Ilbheartóir!'

'Ní hé sin é – is caslóir críochnaithe mé.'

Ní raibh Fiach ag éisteacht a thuilleadh, an t-alt á
shamhlú aige.

'Comhthéacs, sin an eochair. Beidh an scéal eile fillte
tríd go nádúrtha. Sin an bealach chun an ghoimh a
bhaint.'

Cadhc

'An t-uafás farraige amuigh ansin!' Greim an dá dhorn ag an turasóir ar ráille an Mhothair ar eagla go stoithfí anuas san Atlantach é. Bhí Brian in airde ar an mballa ag glacadh pictiúr, an taoide ar mire laistíos. 'Níl ansin ach an craiceann. Samhlaigh an méid atá faoi sin arís!'

'Ní gá é a shamhlú,' arsa Marcas. 'Tá sibhse chun é a léiriú ón taobh istigh.' Snaidhm thobann ar a éadan, léim Brian siar chun dídine. Ba mhaith le Marcas go dtosóidís láithreach in ainneoin na dtonnta ag madhmadh isteach. Bheadh seisean ina staca tirim ar an talamh ar feadh an ama.

Ón taobh istigh! Chuir an nóisean fionnachrith ar Bhrian. Taithí faoi thoinn acu beirt, ach Lise a chuir ar an gclár oibre é. Blas an mhasmais ar Bhrian á réamhshamhlú. Sea, bhí siad uile ródhomhain an tráth úd agus d'fhan siad rófhada ar an ngrinneall. A chliabhrach ar tí pléascadh ar a bhealach aníos; na bolgóidí nítrigine ag siosadh ina chuid fola. Bhí sé ag stróiceadh in airde nuair a rugadh greim air chun stad díbhrú a dhéanamh. B'in Mórsceir na hAstráile, láthair fhairsing, ghléigeal. Tollán faoi thoinn a roghnaigh Lise agus d'aontaigh sé léi. Níor smaoinigh sé ar uamhan clóis go raibh sé ródhéanach.

Bhí siad ina seasamh anois ar ardimeall chósta an Chláir. Aillte an Mhothair. Binn i ndiaidh binne ag guailleáil ó thuaidh, an fharraige ar fiuchadh na céadta méadar laistíos, macalla toll na dtonn ag fógairt go raibh an léibheann ina chlár mór tumtha.

'Tá's againn cad atá ar intinn ag Brian,' arsa Lise, a lámha ar foluain aici. Bheadh sise ar a buaic amuigh ansin ar muir. Bhain sé searradh as a ghuaillí. 'Rinne mé é sin ar Bhinn Ghulbain. Fútsa atá anois.'

'Ná ruaig thar imeall é!' arsa Marcas, go magúil.

'Ba mhaith léi titim a fheiceáil,' arsa Brian, thar a ghualainn.

'Níl sé sin fíor!' Spréach an teannas inti. 'Gabhann tusa i bpriacal chun aird a tharraingt ort. Foireann oibre muid: ní laoch is a lucht freastail.' Gan de fhreagra aige ach an gáire dóite. Bhreathnaigh sé síos arís i gcoire na mara. Adhmad agus plaisteach ag suaitheadh, snámhraic agus bruth ina thranglam millteach. Phulc sé a dhoirne go domhain ina phócaí, chuir cruit air féin.

Bhí an cadhc, dar le Brian, ina bhróg ollmhór, buatais dholúbtha i ngreim ón mbásta anuas air, íochtar a choirp gan feidhm. Shín an diabhal rud amach go righin, cúng, géar, taobh thiar agus os a chomhair. I gcomparáid leis an seantobán a raibh cleachtadh aige air na blianta ó shin, bhí an soitheach seo chomh luaineach le deilf, an fonn céanna air iompú bunoscionn san uisce. Folcadh Brian den chéad uair ciliméadar ó chaladh Dhúlainn, iad ag treabhadh siar ó dheas i dtreo Aillte an Mhothair.

Oileán na bPortán curtha díobh acu, bhí gaoth éadrom ag séideadh ina n-éadan, oibriú íseal san fharraige. Gan bruth dá laghad ar na tonnta ach borradh neamhrialta a d'ardaigh na báid le toil an tsrutha. Bhí sé ag scinneadh i bhfiarláin in ionad líne dhíreach a ghearradh mar a rinne Lise. Sní snasta aici. An ceamara ar a dhroim ag Steve i mála uiscedhíonach. Níor chuir an t-ualach isteach air beag ná mór, na céaslaí ag rothlú gan iarracht, drithlíní solais agus uisce san aer os a chionn. Níor chaith siad oiread is mearamharc siar, iad gafa go meidhreach lena gcuid gluaiseachta.

Thuig Brian go raibh neart in ionad scile á úsáid aige. Gach scuab-bhuille dá chéasla ar dheis is ar chlé ina scaob gan mhaith a tharraing gob an bháid ar leataobh, gur chuir an chéad stróc eile ar sceabhadh contráilte é. Dá thréine a chuid iomrascála ba thámáilte an fharraige ina choinne.

Bhí an cósta dubh ar chlé ag céimniú in airde diaidh ar ndiaidh, an charraig breac le faoileáin, glib ghlas na talún in airde arís. Ní raibh ach láthair landála amháin os a gcomhair amach, duirling amhrasach ag bun Aillte an Mhothair a bhí greagnaithe le bolláin. Marcas in airde cheana féin chun an radharc fada farraige a fháil. Seat a theastaigh uaidh ná claonadh síos ó Inis Oírr thar farraige isteach is díreach síos go bun na haille, na báid i bhfad laistíos.

Scannánaigh sé cheana féin iad ag caladh Dhúlainn in uisce réidh, Lise chomh haerach go raibh sí nach mór ina hóinseach, dar le Brian. Bhí sí amhlaidh ó d'fhág siad na sléibhte is dhírigh ar an bhfarraige. Níor chuir aon ní as di ach a comhláithreoir. An oíche cheana tháinig iriseoir orthu san óstán. Níor thaitin sí le Brian: béilín géar agus súil dhubh nár thug aon rud ar ais. Ach bhí Lise chomh haerach le dcagóir, ag cur síos ar an seal a thug sí san Astráil, áit ar chleacht sí cadhc farraige is scúba.

Ghearr an t-iriseoir isteach. 'Thug siad Síle ort amuigh ansin?'

Stad Lise i lár abairte, a béal ar leathadh.

'Tá's agat,' a chuir Brian leis, 'tugann siad Sheila ar achan chailín...'

'Ba chuma liomsa,' arsa Lise, 'céard a thug siad orm.'

***

Bhí Brian geitiúil ina chadhc ag an gcaladh. 'An bhfuil tú cinnte go mbeidh tú ceart go leor?' arsa Lise de bhéic os comhair an cheamara. Gealgháireach, snúúil. 'Níor mhaith liom bheith do do tharrtháil ag bun an Mhothair!'

Cúram, nó geafaireacht gan ghá? Maíte aige féin go mbeadh sé in ann an turas a dhéanamh. As taithí, ach thiocfadh an ealaín chuige arís. Le fírinne chreid sé a chuntas féin agus cruth na heachtra á leagan amach: na cadhcanna chun na duirlinge ag bun an Mhothair, Brian is Lise in airde de chosán gabhair, rópa fada ar crochadh roimh ré, rópadóireacht go bun na haille ba mhó in Éirinn, ceamara lastuas ag Marcas, laistíos ag Steve. Bhaileofaí an dá chadhc agus ar aghaidh leo faoi bhun na n-aillte ar an turas mara ab fhearr in Éirinn. Scothchlár… gur chuir Lise an t-eireaball faoi thoinn leis. An Poll Glas.

Scaoil Brian glam. Níor mhaith leis cúnamh a iarraidh. Dá dtabharfaí seans dó – ach bhí Lise faoi lánluas. Chas Steve a chloigeann anois is arís gan radharc a fháil. Tógtha leo féin mar a bheadh lánúin ar mhí na meala, monabhar ag sraoilleadh siar.

D'éirigh tonn ramhar, leisciúil, ina threo. Scuab Brian go tréan ar dheis chun gearradh tríd, chas an cadhc ar leataobh, mhaidhm an tonn chliathánach air. Áladh millteanach ar chlé, ródhéanach. Béal faoi, bhris taom feirge air: fearg nár tugadh seans dó, nár fhéad sé an cadhc a rolladh san uisce. Iarracht éalaithe ó bhéal an bháid. Greamaithe. An clúdach frithsprae! Chrom chun tosaigh, d'aimsigh an corda, tharraing. Teanntaithe go fóill. Thug sé cic is bhrúigh béal an bháid dá chromáin. Phreab sé aníos go dtí an dromchla, é dall ag an sáile. Rug greim ar chúl an chadhc is chuardaigh an chéasla taobh leis. Thug sé faoi deara go raibh sé ag béicíl. D'éirigh as.

Bhí siad taobh leis de phreab, an dá chadhc ina n-eascanna mara ag gobadh isteach air, an bheirt ag stánadh amhail is nach raibh a fhios acu go raibh sé leo an lá úd, gan trácht ar a bheith ag snámh san Atlantach.

'Deas sibh a fheiceáil!' arsa Brian, seilí sáile fós á gcaitheamh aige.

'Cad a…?' Steve trí chéile, ach an ceamara á bhaint dá dhroim aige, an mála á shracadh ar oscailt. Greim fós ar a chéasla, ábalta an cadhc a tharraingt siar agus iompú cliathánach. Thug sé comhartha do Lise baiceáil.

'Cad a tharla?' a d'fhiafraigh sé arís de Bhrian go proifisiúnta, an ceamara ar a ghualainn. Ba bheag an suaitheadh farraige a bhí ann, dar le Brian, ag féachaint ar an mbeirt acu chomh socair le bairnigh ar leac.

'Míol mór a shíleas ar dtús nuair a tháinig sé aníos, go bhfaca mé *US Navy* ar an mblonag. Fomhuireán! Seo…' a d'fhiafraigh sé de Lise, 'nach bhfuil tú chun lámh chúnta a thabhairt dom? Cabhlach Mheiriceá ruaigthe gan chabhair uaitse.'

Ghearr sí isteach taobh leis, go gnúis-searbh.

'An taobh eile,' arsa Steve. 'Tá tú sa tslí orm.' Eisean chun an smior a shú ón tarrtháil.

'Conas a thug sibh faoi deara?' a d'fhiafraigh Brian. 'Scairteas ach níor chuala sibh.'

'Chuir Marcas glaoch ar an bhfón. Shíl sé go raibh mise béal faoi.'

'Agus chuir sé glaoch ort? Faigh seat faoi thoinn fad atá tú ann!'

Lise chomh postúil le cat loinge, a d'airigh Brian. Aingeal tarrthála dar léi féin. Suite go socair, rug sí greim ar ghob an bháid. Chuimhnigh sé ar an seanlíomhain – go mbíonn meáchan mná ar a tóin istigh i gcadhc, níos cothroime ná fear le cromáin chúnga cosúil leis féin. Giotán cainte den scoth, a thuig sé, ach ní dúirt sé dada.

Orduithe á dtabhairt aici. 'Sleamhnaigh do chadhc chugam. Cabhraigh liom é a ardú!' Tharraing sí an gob as an uisce is leag ar deic a báid féin é. 'Brúigh síos ar chúl ansin chun an t-uisce a dhraenáil.' Labhair sí mar a bheadh amadán á theagasc.

Scaoil sí an cadhc ar ais san uisce, taobh léi, na céaslaí luite trasna air. D'inis sí dó conas ísliú san uisce, athphreabadh is sleamhnú isteach ar rafta an dá bhád. Bhí sé suite arís ina chadhc nuair a theip ar an bhfoighne aige.

A chúl le ceamara, rug sé greim ar speir bháid Lise is chas chomh tréan is a bhí sé in ann. Ní fhaca sise tada. Ar éigean a bhí seans aici béic a scaoileadh go raibh sí tóin in airde, béal fúithi. 'Cuirfidh sé sin ina tost í tamall.'

Cnapshúileach, chroith Steve a cheann. 'Bhí tú sa bhealach orm.' Bhreathnaigh siad ar an gcíle taobh leo faoi mar gur phléascán é. Thosaigh an toirpéad ag luascadh san uisce; bhí sí chun rolladh Eiscimeach a dhéanamh. Dhírigh Steve an ceamara. Roghnaigh sí an treo mícheart is bhuail an chéasla i gcoinne chíle Bhriain. Stad an flústar nóiméad. An treo eilc. Chlaon an chíle, an t-uisce ag fiuchadh…agus b'in chucu í ag iomrascáil san uisce mar a bheadh rón sáite, dar le Brian, an chéasla ina muirgha. Tharraing sí tríd an uisce é, bhain searradh as na cromáin agus chas an cadhc béal in airde arís.

B'fhéidir gur ghlac sí leis mar dheis taispeántais ach bhí ríméad lonrach uirthi, a cloigeann siar, grian ar a héadan, an chéasla in airde mar a bheadh sleá buaiteora. Maighdean mhara chruthanta. Thug Brian bualadh bos spontáineach di.

***

Bhí céasadh muiníl sa strapa cúng ag sníomh in airde ón duirling ar chliathán thuaidh an Mhothair. Brian ar a dhícheall chun Lise a chur de. Chuir sí scairt agus stad sé, go béasach. Í ina seasamh ar charraig laistíos, bos le clár éadain, na haillte ó dheas á ngrinnscrúdú.

'Cá bhfuil na rópaí?' Cuma na píoráide uirthi. D'airigh Brian de gheit chomh hálainn is a thaibhseodh sí, don té a bheadh á feiceáil den chéad uair.

Bhí na rópaí scaoilte amach aige féin is ag Steve go luath ar maidin. Ghabhfadh na húdaráis iad dá bhfágfaí ina gcadhla ar an talamh in airde iad. Dhá líne, dhá chéad méadar an ceann. Rópaí doshínte, oiriúnach don tuirlingt ab fhaide in Éirinn. Bhí siad ar crochadh breis is leathchiliméadar ó Thúr Uí Bhriain, faoi cheilt i mbéim ghlas i gciumhais na haille. B'fhearr le Brian i gcónaí gníomhú gan chead. 'An fiú é a dhéanamh má cheadaítear é? Sin é mo mhana.'

'An mbeidh lá eile ag an bPaorach?'arsa Lise. 'Ní bhíonn mana riamh ina cheist.'

Thriail Brian é. 'Ní fiú é má cheadaítear é!' Chroith sé a cheann. 'Ní fhágann sé spás don eisceacht.'

Bhí deacracht aige féin na rópaí a dhéanamh amach le taispeáint di. Chaithfí iad a shamhlú ar dtús: srianta síoda ar fia-aill. Nuair a phioc sé amach iad ba leasc leis iad a léiriú. Na haillte chomh hard leis an spéir, téada damháin alla ag sní ón gciumhais anuas gan teagmháil arís go dtí gur rith an charraig amach ina naprún scaoilte leathchéad méadar ón duirling. Bhraith sé imní ina cáithíní ar a chraiceann féin. Dúshraith Bhoirne ina seasamh go maorga in éadan an Atlantaigh. In ainneoin duibhe na carraige bhí stríoca glasa féir is fiailí ar na laftáin, riabhach le haoileach éan.

Ar bharr na haille scuab Brian ceisteanna Mharcais ar leataobh le teann deifre. B'fhéidir nach raibh ann ach ribeog i leith na carraige ach bhí meáchan géar sa rópa nuair a d'ardaigh sé ón talamh é chun clipeáil leis. Meáchan duine san áireamh ag sracadh i gcoinne na frithchuimilte, agus chaithfeadh gach uile orlach a bheith ina chruathéad. Ní raibh am ar bith le spáráil dá mbeidís chun an turas ar fad a dhéanamh le solas an lae. I bhfad laistíos chonaic sé Steve ar muir, an dá chadhc ceangailte dá bhád féin. Bhí air cúlú ón duirling, an taoide rógharbh ar na carraigeacha. Bheadh orthu snámh amach chuige. Maith an rud é go raibh an rafta cleachtaithe acu.

Ina luí siar dó thar bhruach na haille chaith sé giotán cainte leis an gceamara ach bhris Marcas isteach air.

'Árainn á blocáil agat. Claon do chloigeann.' Nasctha agus ullamh, chaith Lise mearamharc síos agus d'fhulaing den chéad uair aibhseacht an fholúis, áiféis an rópa. Brian le leanúint aici a luaithe a bheadh an bruach curtha de aige. D'oscail sí a béal agus dhún arís é. Brian ag sleamhnú as radharc, an folús á shlogadh, shíl sé go raibh sí ar tí diúltú. Chuir sé an bruach speiceach de is thosaigh ag rothlú san aer, an charraig rófhada uaidh le teagmháil a dhéanamh. Marcas ag scinneadh ar leataobh cheana féin chun an duaisradharc cliathánach a fháil – fad agus airde an Mhothair, créatúirín guairneánach ar shnáithe lom. Ní bheadh sé ach ag cleachtadh le haghaidh an tseat chéanna le Lise, an radharc ba shúmhaire ar fad. Maighdean mhara ar dhorú éisc.

Guth Lise os a chionn, d'amharc Brian in airde chun an searbhas a ghlacadh mar a bheadh braon anuas. A héadan ar bhruach na carraige.

'Brian! Bí cúramach! Go dté tú Slán…'

Slán…slán…slán…Sciorr sé leis síos an rópa, an bheannacht á cloisint fós ina chluasa gur aithin sé scréacha na bhfaoileán ina gclaisceadal géar ag stialladh an aeir.

An Poll Glas

Cé a chreidfeadh go mbeadh an t-uisce chomh soiléir? Gléghlan. Mar a bheidís folctha i ngloine in ionad sáile, i gceann de na cruinneáin úd a bhíodh ar an matal, radharc reoite laistigh, cumhdaithe go deo ó dheannach an tsaoil. Ghrinnigh sé go himeall na feiceála tríd an masc: mhaolaigh ar an soiléas deich méadar os a chomhair ach mhéadaigh ar an nglinne osréalach sa chóngar i gcomparáid leis.

Dúradh i gcónaí nach raibh scúbthumadh ar domhan inchurtha le Mórsceir na hAstráile ach bhí a shárú anseo i mBá Dhúlainn, an grinneall ina dhomhan éagsamhalta, an cheilp ag lonrú mar a bheadh ór ag fás ar na froinn, na céadta iasc ag preabadh thart timpeall ar Bhrian le cur in iúl gur fhan siad fad na héabhlóide air is go raibh siad anois ag ceiliúradh filleadh an mhillteáin mhic.

Rinc ballach gorm anonn, tréshoilseach nach mór, is stad díreach os comhair ghloine an mhaisc, ag glinniúint isteach mar a bheadh sí á chur de ghlanmheabhair. De réir mar a ghluais sé chun cinn chúlaigh sí go héasca os a chomhair, a corp gormlonrach ag luascadh, a súile fáiscthe lena shúile féin. Shamhlaigh sé go raibh an t-iasc seo – achar a bhoise inti – ag damhsa leis, á threorú isteach ina dúiche dhiamhrach.

Bhí Lise ag preabadh go luaineach ó charraig go carraig os a chomhair; ní raibh sise ag damhsa le héinne, ná baol uirthi, ach ag ransú poll, ag saibhseáil scoilteanna. Bhuail taom gáire é – torann cneadúil sa rialtán anála – nuair a d'airigh sé go raibh Lise á tionlacan ag madra éisc díreach mar a bhí an ballach grástúil in éineacht leis féin. Níorbh ea in aon chor, bhí sise imithe, iasc eile ina háit anois, 'dearg-agus-buí' a thug sé uirthi, a béal bog ina chiorcal ag iarraidh an ghloine a phógadh.

Bhí aoibhneas air go raibh Steve ag snámh taobh thiar de leis an gceamara uisce mar ba leasc le Brian an radharc seo a chailliúint choíche. Ní raibh a dhóthain muiníne aige as a mheabhair féin chun go gcuimhneodh sé ar an athbhaisteadh a bhí ag tarlú dó, braistintí iomlána a choirp á n-athnuachan. *Faisnéis neimhe* a d'áitigh sé air féin arís is arís eile, ag iarraidh greim a choinneáil ar léargas éigin nach raibh friotal ag dul leis. Ach laistiar den ghliondar bhí tuiscint ag taibhsiú chuige… go raibh sé ar ais ina dhúchas le tamall, sa bhaile ina thír féin, go raibh gach ar chuardaigh sé riamh ar fáil ann – sásamh i ngach dúil agus gach mian.

Maidir le huaigneas? An radharc a roinnt le duine eile? Chomh soiléir leis an uisce féin, thuig sé go gcaithfeadh sé a shaol a eagrú. Ag breathnú dó ar na scoileanna éisc ina thimpeall, na bricíní ag déanamh aithrise ar gach cor dá bhfaca siad, shamhlaigh sé gasúr meidhreach lena thaobh, a mhacasamhail féin ag déanamh aithrise air, ag foghlaim uaidh, ag scinneadh chun tosaigh air. Ba cheart do dhuine a bheith ina thuiste nó ina leannán ar a laghad agus áilleacht mar seo á blaiseadh. Ní raibh an domhan cumtha don chadhan aonair. Brí na beatha, aer an tsaoil ba ea caidreamh.

Rith sé le Brian go mb'fhéidir go raibh sé súgach le haer faoi thoinn, 'meisce nítrigine' a chuireann mearbhall ar dhaoine, mar a bheidís tar éis druga a chaitheamh. Ach ní raibh sé fada go leor san uisce. Deich nóiméad, cúig mhéadar déag, níor leor é. Gliondar nádúrtha a bhí air, súil inmheánach oscailte mar fhreagra ar an áilleacht a bhí os comhair a éadain.

A luaithe is a bheadh an tsraith críochnaithe rachadh sé ar thóir na freagrachta. Ghlacfadh sé le coinníollacha ar bith ach cearta cuairte a bheith aige… Bhuail cuimhne ghéar é. Iriseoirí ag teacht go Dúlainn anocht ar thóir scéala. É seo ceadaithe ag Marcas, ach cá bhfios cérbh iad? Ní raibh le déanamh ach é féin a chosaint tamall eile is bheadh sé ullamh.

Bhí dearmad iomlán déanta aige ar an uamhan clóis, an chlástrafóibe. É ag saoreitilt, le bua breise – nach bhféadfadh sé titim chun talaimh. An t-uisce go tobann ina chailéideascóp airgid, scoil phollóg ag sní os cionn na ceilpe. Chinn sé go ndéanfadh sé i bhfad níos mó den scúbthumadh i ndiaidh an turais. Ní raibh i dtimpiste na hAstráile ach drochsheans – tumadóir caillte ar an ngrinneall agus buíon Bhriain ar an láthair an lá dár gcionn. D'oibrigh siad chun an corp a shaoradh go raibh siad faoi bhagairt na n-arraingeacha díbhrú: Brian ar an gcéad duine a theith chun an tsolais.

Bhí urlár na mara ag titim diaidh ar ndiaidh, suas síos thar rífeanna garbha agus alltáin chúnga, Lise chun tosaigh an t-am ar fad, na lapaí daite ag bualadh ina diaidh mar a bheadh mótar néata. Róthapa arís, gan breathnú siar. Neamhairdeallach ar riachtanais an cheamara go fóill. Bhí a fhios aici cá raibh sí ag dul cé nach raibh sí ann cheana, scáil leanúnach ar chlé á leanúint. Phioc sí suas arís is arís é, na léaráidí grinnscrúdaithe aici roimh ré. Chuir sí boilgeoga di ina sruth rialta, gan fústar, an t-aer ag sraoilleadh ina rian airgid mar a bheadh conair á fágáil aici le haghaidh an bhealaigh ar ais.

Mheabhraigh Brian dó féin nach raibh soitheach iomlán aeir aige. Rinne sé cleacht-sheisiún i linn snámha an oíche roimhe chun dul i dtaithí ar an bhfearas neamhghách, an rialtán anála, seaicéad buacachta, crios luaidhe. Gléasra traidisiúnta ó na 1970í ar iasacht aige. Bhí aerthaisce ag gabháil leis an mbuidéal, sreang-luamhán le tarraingt chun é a oibriú. Chuir sé Jacques Cousteau i gcuimhne dó. B'fhearr a thaitin an tseanchulaith uisce leis ná an feisteas tirim mar b'fhearr leis bheith i dteagmháil leis an uisce. Cad chuige an t-insliú ar dhúil an uisce mar a bhí ar Lise is ar Steve, amhail is go raibh an t-uisce nimhneach?

Thit an grinneall arís, cúig mhéadar breise, ag claonadh síos le haill. Céim ní b'fhuaire, dar le Brian. In ionad dorchú le doimhneacht, gheal sé. Leibhéal diamhrach na ceilpe fágtha laistiar. Gaineamh, leaca agus clocha ina n-urlár scríobchaite. Portáin mhóra i measc na gcloch ag iompú timpeall is timpeall de réir mar a ghabh sé tharstu, iad ina suí ar a gceathrúna, crúba trodacha in airde. Gaiscígh Sumo le sliogáin. Portáin bheaga ag teitheadh as amharc, scodalach i measc na gcloch.

Mhoilligh Lise…scáth os a comhair. Poll ag bun na sceire. D'aithin Brian é, mar a bheadh sé greanta i siléar na cuimhne. Dúghránna. Áthán deabhail, gnáthóg thromluí. A chroí ag radadh ina chliabh. Chruinnigh siad le chéile ar crochadh lastuas de leaca an ghrinnill. A hordóg á preabadh ag Lise i dtreo bhéal na huaimhe. In ainneoin an chochaill, gloine an mhaisc agus meall an rialtáin ina béal, bhí aoibh le haithint uirthi, na boilgeoga ag rince in airde mar a d'fheicfí i gcartún. Boilgeoga Bhriain ag doirteadh go scaollmhar – sceithphíopa ar mire. Ar éigean a bhí Steve ag análú ar chor ar bith.

***

Bhí córas beartaithe acu an oíche roimh ré nuair a bhí Brian in easnamh. Chuala sé an plean ar maidin. Tóirse an duine acu. Comhartha nó dhó. Bheadh Steve is an ceamara laistigh ar dtús, iad ag teacht isteach chuige, solas grianghlas laistiar díobh. Ní raibh fadhb ag Brian leis, ach amháin gur shamhlaigh sé tollán nuair a dúradh tollán! Córas déthreo. Poll mór tráchta. Ba chuma leis a bheith faoi chlúid farraige. Shamhlaigh sé fomhuireáin ag taisteal taobh leis sa Pholl Glas mar a bheadh busanna i dtollán Mont Blanc. Ábhar grinn le linn an bhricfeasta, ach níor tuigeadh an dallach a bhí air. An chaint ar fad ag baint le healaín an tóirse, agus an seat scáile: snámh os comhair an cheamara, an solas aisiompaithe, dírithe air féin ach ceilte ón gceamara leis an gcorp. Loinnir mhealltach thart timpeall ar an scáil. D'fhéadfaí an radharc sin a lasadh arís le tóirse taobh thiar den cheamara. Pailéad roghanna, mar a bheadh an Poll Glas chomh fairsing leis an Grand Canyon. Ach bhí béal na pluaise cosúil le séarach.

Shleamhnaigh Steve isteach, an t-aerbhuidéal ar a dhroim, an ceamara uisce cumhdaithe i gcoinne na carraige. Thug Lise comhartha do Bhrian agus chuaigh siad beirt siar amach san uisce go raibh siad díreach os comhair bhéal na pluaise. Ní raibh le feiceáil ach an cúngstua íseal. Aill carntha os a chionn. Gan iasc ar bith le feiceáil.

Mionchrith colainne ar Bhrian, aer á chogaint aige. Dhá splanc tóirse sa dorchadas. Gunnán i luíochán oíche.

D'airigh Lise an drogall is thiomáin roimpi é. Tháinig siad isteach gualainn le gualainn, an solas taobh thiar á dhalladh acu. Cosa ag oibriú chomh réidh is ab fhéidir: gan dríodar an ghrinnill a shuaitheadh. Ar éigean a d'fhéadfaí Steve a dhéanamh amach, cromtha rompu ina arracht uafar: rubar, miotal agus cróm sceanúil. Dhíbir sé amach arís iad le comhartha crúibe. Nuair a tháinig siad isteach den dara huair bhí sé luite ar a dhroim ar na leacóga, an ceamara claonta in airde. Shnámh siad os a chionn. Bualadh scine: aerbhuidéal Bhriain ag scríobadh díon an tolláin. Faobhar ar na fiacla. An scríobadh clingeach céanna ón marbhán sa longbhá. Bíoma iarainn ar a cholpaí le ceithre huaire is fiche. Giota eile ina luamhán acu. Tiubhnéal dríodair, scrábadh meirgeach na deice sular bhris an fhearsaid agus thit an bíoma arís. Taibhsí an íochtair i mbun deasghnátha báis.

Rinne Brian iarracht ísliú faoi ghairbhe an dín. Píobán caol ag seoladh aeir chun a bhéil. D'easanálaigh sé go tréan is laghdaigh a chuid buacachta diaidh ar ndiaidh. A luaithe a shúigh sé aer arís, scríob sé an charraig lasnairde. Ealaín éigin nár thuig sé ag baint leis an bhfearas. B'fhéidir nach raibh a dhóthain luaidhe aige ar a chrios meáchain? Conas a d'éirigh le Steve luí ar an ngrinneall gan snámh? Agus Lise níos ísle ná Brian freisin. Ní raibh sí ag súisteáil ach oiread, ag scaipeadh dríodair. Brian ag análú róthréan: chaithfeadh sé smacht a chur air. Easpa taithí arís air, díreach mar a bhí roimhe sin sa chadhc. É sciliúil ar talamh is ar sliabh, agus shíl sé go mbeadh sé ar an gcaighdeán céanna i mbun imeachtaí eile a bhí níos simplí, dar leis. Botún coitianta ag lucht eachtraíochta.

Amach arís leis an triúr acu. Lasmuigh, cé go raibh sé seasca troigh faoi chlár na mara, bhraith Brian go raibh aer agus grian gleanna ina thimpeall i gcomparáid leis an dlús gránna laistigh. Rinne Steve an seat iontrála ón taobh amuigh, Brian chun tosaigh, níor dá dheoin féin é. Beirt taobh thiar de san fheadán cúng. Mar a bheadh corc i mbuidéal ina dhiaidh, nó loine ag bualadh isteach air.

Ní raibh a fhios ag Brian an raibh bealach eile amach os a chomhair, ceist nár pléadh, nó an gcaithfí aisiompú mar a bheadh aiseag i gcraosán. Tollán a bhí luaite, agus uaimh; difear mór eatarthu. Ceann acu ina thrébhealach, an ceann eile níos cosúla le huaigh. Shamhlaigh sé an cósta i bhfad os a chionn. Ceann tíre leathan, faoi chlúdach carraige mar a bheadh leac uaighe. Bhuail scaoll tobann é is rinne sé iarracht casadh timpeall. Córas aontreo. Tóirse díreach taobh thiar, méadar óna eiteoga snámha, Lise ag dranntiomáint. Caochta, chaill sé a threo is ghread i gcoinne taobh an tolláin. Spíceacht i ngreim le rubar. Réab sé saor. Dreachmhilleadh. An charraig, a mhianach féin, á ionsaí. Dá mba rud é go raibh oscailt os a chomhair nach mbeadh glinniúint le haireachtáil, nó suaitheadh uisce? Buaileadh rap ar a rúitín. Comhartha stad. A chroí ina chliabh mar a bheadh inneall fomhuireáin. Scríob mhiotalach anála. Na fiacla fíochmhar ar an rialtán anála. Chas sé a chloigeann is chonaic mearcair ag rith ar an díon. A chuid boilgeog aeir á thréigean ina sruth, iad ag lonrú is ag sméideadh leis. An rian airgeadúil ag tiúchan in aghaidh an tsoicind faoi mar a bheadh sé pollta.

Dhírigh Lise ga solais ar an mballa taobh leis. Scoilt chothrománach sa charraig. Gluaiseacht ghioblach ann, mar a bhraithfí ar thairseach tromluí. Dhírigh sé a thóirse féin. Bhí na créatúir ina sraith ag rith taobh leis ar an gcarraig, amhail is a bheadh rás ar siúl. Fonn gáire agus urlacain air san am céanna. Fad láimhe, caol, cnapshúileach, bhreathnaigh an ceannródaí air is é ag sciurdadh thart ar a ghéaga sreangacha, sraoillín dá chine ar a shála. Liathbhán, tréshoilseach, bhí rithim thaibhsiúil leo. Scodalaigh an dorchadais. Ba é an sonra ba mhó a chuaigh i bhfeidhm ar Bhrian ná go raibh na séaclaí ag teitheadh go tiubh sa treo contráilte leis féin.

Cúpla rap ar a rúitín: téanam ort! Ar aghaidh, de chromruathar. Deannach san uisce, cáithníní mara ag tiúchan os a chomhair. Theip ar an léargas. Leathdhall, chuimil sé le balla amháin agus an taobh eile d'athphreab. Leacóga ag sciorradh faoina bholg. A chosa ag treabhadh cloiche. An soitheach aeir ag scríobadh carraige arís; sractharraingt ar an bhfeadán anála. Ní raibh sé ag snámh a thuilleadh…ach ag tochailt. Bhrúcht an chlástrafóibe air. Chaith sé é féin i gcoinne na snaidhme, ag greadadh leis go ndeachaigh na guaillí i bhfostú. Scaoil sé uaidh an tóirse lag is ghabh de chartadh na leacóg lena dhá lámh. Mar a bheadh solas is saoirse ar thaobh eile na bacainne, gan tuairim aige cén t-achar a bhí sé faoi uisce, cá mhéad aeir a bhí fágtha aige. A thaisce ghéarchéime: ar scaoil sé an aerchomhla go fóill? A chrág ag ladhráil an tsorcóra ar a dhroim gan an luamhán a aimsiú.

Rugadh greim ar dhá rúitín air. Aistarraingt. É ag greadadh na gcos. In ainneoin an scaoill chuimhnigh sé go mbainfí an masc dá héadan, an rialtán anála dá béal taobh thiar de. Ghéill sé. Ransaigh ina thimpeall is d'aimsigh an tóirse. Loinnir leamh mar a bheadh réalt in éag, dríodar an díobhaidh ag guairneáil ina thimpeall.

Athghreim ar a lorga. Tréan go leor chun na glúine a réabadh as alt. Steve! Ghabh Brian dá uillinneacha ar an gcarraig, ag lúbarnaíl siar mar a bheadh madra á stoitheadh as brocach. Spás aige arís, dúsholas ina thimpeall. D'airigh sé an díon ag claonadh anuas san áit ina raibh sé, mar a bheadh caochóg faoin staighre i siléar báite. Chúlaigh sé leo gur leathnaigh an pasáiste.

Snag anála, mar a bheadh…Faoiseamh arís…Snag eile… Tachtadh… A dhroim leis an solas. Chaith sé é féin bunoscionn san uisce, a chosa ag greadadh an dín, cloigeann is guaillí craptha ar an ngrinneall. Tháinig in airde arís, sciúgaíl ina scornach. An dá thóirse os comhair a éadain. Snag arís, múchadh scamhóige. Chroch sé a chloigeann in airde. Faobhar na láimhe ina shlais ar an scornach. Comhartha guaise! Greim crua Steve á chaitheamh go cliathánach. Sracadh géar ar a dhroim…gan ghéilleadh. Comhla na haerthaisce. Tarraingthe cheana féin. A stór aeir caite, gan taisce.

An seaicéad buacachta! Buidéal beag chun é a shéideadh. Rialtán éigeandála leis. Stróic sé dá bhrollach é; bhain an príomhrialtán dá bhéal. Rug an t-uisce greim ar a chraiceann, gobán á thachtadh. D'oscail sé a bhéal, líon an t-uisce isteach. Sháigh sé rubar idir na fiacla is shéid amach an t-ionradh le hanáil dheireanach a chléibh. Oiread is galán aeir ní bhfuair sé. Géagshúisteáil arís. Steve i ngreim leis an gcomhla. Tréanfháscadh…is bhí aer ina bhéal. Sruth seanbhlastúil a chuir múisiam ina chraosán, ach b'aer é.

Gan ach faoiseamh gairid aige. Steve is Lise sa bhealach air. Ní fhéadfaí feitheamh ar a n-iompú. Thum sé díreach fúthu, coirp ag sleamhnú dá dhroim. Dúscáth os a chomhair. Chroith sé an tóirse, bhuail ar an mballa é. Bataire caite. Scinn sé leis i dtreo chuimhne an tsolais, beag beann ar an gcontúirt. Lámh chlé ar an mballa á threorú. An t-aer lofa ina bhéal, tuiscint caillte ar am is ar fhad. Comhaireamh ar siúl ina intinn. Fiche…tríocha soicind…nóiméad. Cuar sa phasáiste. Cúng ansin. Leathnaigh arís. Gan oiread is léas os a chomhair go fóill. Ní raibh stad ná dul siar mar rogha aige. Níor líonadh an buidéilín roimh ré mar ba chóir. Cá mhéad? Béalán eile? Níor leor an uaimh féin a chur de: bheadh air clár na mara a shroichint.

Drochbhuille ar alt na glúine, na géaga ag scrabhadh carraige. D'éirigh sé san uisce ach lean an t-urlár é. A shnámhacht caillte le heaspa aeir? Chuir sé a dhá lámh mar chosa tosaigh ar an gcarraig faoi is ghread chun cinn. Guailleáil charraige: dhóbair dó an feadán aeir a chailliúint. An pasáiste ag ardú! Níor chuimhin leis…Snag ina sciúch arís…arís eile…Múchadh, sracadh scornaí.

Leathsheasamh ar shiolpa, a chorp in airde, céim chloiche lena chliabh. Dorchadas ina chlóca. Rad sé in airde…a bhaithis le bacainne. Leathshoicind, ag sleamhnú siar, chuala splais…slogtha i mbodhaire an uisce. Greim láimhe ar an gcarraig os a chomhair mar a bheadh sé ag dreapadh, na cosa lachan ag sleamhnú faoi. Bhrúigh a éadan in airde, chlaon a chloigeann siar. Bhris craiceann uisce…a aghaidh i bpóca aeir. Baithis dingthe le síleáil charraige. Fuarlobhadh na huaighe.

A bhéal thar leibhéal an uisce. Stróic sé an rubar óna dhraid, shlog bolgam…sáile…taom casachtaí. Dhruid sé a chloigeann, d'aimsigh cuas sa charraig os a chionn, sclogaíl. Aer ag pléascadh ina chliabh: splanc na beatha i marbhán. D'ardaigh sé lámh is shín go creathach ina thimpeall. Orlaí spáis idir an t-uisce agus an tsíleáil gharbh. Bolgóid aeir i gcuas an tolláin.

Tromluí? Fothollán? An raibh scoilt, fabht, poll snáthaide chun an t-aer a athnuachan? Rug sé greim air féin. An gaiste ina thrial: beatha nó bás. Dualgas marthanais air. Ná géill! Ná loictear. Guth gonta ag ordú dó. Ná buaitear ort. Ná cloítear. Blianta ar an ingear, ar an imeall, in éadan srutha, ceird chrua ina chroí. Ní bheadh ansin ach saol suarach dá mbuafaí air anois. Ná géill! Ná clis! Insáraithe, carraig is uisce. Aer, ceist eile! Ag análú leis go garg, crua. Spiorad nó substaint? Aer! Nár léim sé den sliabh gan ach brat ar a dhroim? Forlaoch, bolgóid aeir lena shlinneáin?

An chéad rud, meáchan a chur de. Útamáil strapaí is búclaí. Tarraingíodh a chloigeann faoi uisce arís is arís eile. Draíocht an aeir nuair a sclog sé é…an chumhracht ag meath? Shleamhnaigh an buidéal droma de. Spágach sna heiteoga snámha, gan seasamh aige. Stróic sé an plaisteach righin dá chosa. Réabfadh sé iarann dá mba ghá. A thoil i gceannas. D'éirigh sé arís. Meadhrán ina chloigeann, a bholg ar bóróiricín. Ach bhí foras faighte, cos i dtaca, greim láimhe leis.

Tháinig sé chuige féin san aer. Tanaíocht le haithint? Plúchadh? Gan aon mhionpholl aeir sa charraig, bhí an ocsaigin á caitheamh, agus dé-ocsaíd. Stad sé i lár an smaoinimh. An t-uisce ar suaitheadh…Loinnir. Gheal an t-aer. Rugadh greim rúitín air. Gluaiseacht iomrascála in airde, fad a choirp. Beiriú solais. Shín sé lámh in íochtar, rug greim. Miotal agus rubar in airde. Preabadh is splaisearnach. Blonagach allta, aonsúileach. Smig faoi uisce, síleáil lena leiceann uachtarach. Bhreathnaigh an dá chloigeann ar a chéile. Bhain Steve a rialtán óna bhéal.

'Níos fusa snámh ná tolladh. Aon rud nua?'

'Faic go fóill.'

'Fuaireamar do bhuidéal. Tá súil agam go bhfuil na geolbhaigh agat?' Shúigh sé lán na scamhóg d'aer. 'Fainic!' arsa Brian de ghrág. 'Sin é mo chuidse. Ná truailligh é.'

Chas Steve an tóirse ina thimpeall. D'ardaigh sé a rialtán, bhrúigh comhla is scaoil sruth aeir. Siosadh mealltach ach d'éirigh sé as. Bhraith Brian fionnuaire ar a chlár éadain.

'Gabh mo leithscéal,' arsa Steve, 'táim féin ar an gcúltaisce deiridh. Caithfear í a chaomhnú.'

Suaitheadh uisce arís, brú coirp, an tríú cloigeann sa teasc aeir. Fuair sí seasamh níos airde, sheiligh an rialtán dá béal.

''Chríost! An bhfuil sé beo? Shíleas…go bhfuil bealach ar aghaidh? Níl! Imímis ar ais.'

'Ba bhreá liom,' arsa Brian, go ciachánach. 'Níl agam ach an bhoilgeog seo. Ní féidir é a thabhairt liom.'

'Roinnfimid mo rialtán eadrainn. Análú beirte. Níl ann ach an rud a chur ó bhéal go béal…'

'Níl dóthain spáis sa tollán thíos,' bhris Steve isteach, 'don chóras sin. Deacair dul síos ar bheagán aeir sa chéad áit. Caithfimid dul ar thóir tarrthála.' Tost. B'fhearr le Brian an bás ná tarrtháil phoiblí.

'Cad atá ar siúl…ag an taoide?' arsa Lise. Trí chloigeann bhalbha ar snámh faoi bhéillic. Ar aonintinn.

'Íseal ar maidin,' a d'fhreagair Brian ar a son.

'Steve!' a d'ordaigh Lise. 'Imigh tusa!' Bhí sí i gceannas. 'Roinnfidh mé mo bhuidéal leis anseo… má athraíonn… an leibhéal.' An t-uamhan i bhfocail.

'Ar shroich tú d'aerthaisce go fóill?' arsa Steve, ag áireamh an ama. 'Níor shroich.' D'airigh Brian an bhréag. Í ar dhríodar a buidéil leis.

'Ná fan!' ar sé. 'Beidh sibh ar ais níos luaithe fós…'

'Fanfad.' Amhail is nár labhair sé. Shleamhnaigh Steve as radharc.

'Ní bheidh sé i bhfad,' ar sí.

'Tá's agam,' arsa Brian. 'Deas anseo, nach bhfuil?'

'Coinnigh do chuid aeir.' Siosadh anála. Casacht is sclogaíl. Braon anuas ina chomhartha uaillbhreasa ar thréimhse tosta.

Brian ag saothrú níos géire ná mar a bhí sise. Caomhnú. An siosarnach stadach níos léire ná caint ar bith.

'Cá bhfuilimid? Ní thuigim cad a tharla.'

'Y-chruth sa phasáiste. Leanamarna go béal na huaighe. D'éiríomar go barr an uisce ar do lorg. Chuimhnigh Steve ar an bhfothollán…Bhfuil aerpholl ar bith ón taobh amuigh.'

'Mura bhfuil sé druidte ag an taoide…?'

An barr agus ar ais! Sea, bheadh sí ar an ngannchuid. Ní bheadh an buidéal á roinnt go mbeadh sé riachtanach. Géarchéim cheana féin, dar leis. Plúchadh ina dtimpeall. Allas ar a chlár éadain, agus múchadh cléibh.

'Seo duit!' ar sí go héasca. Amhail is gur chuala sí. Agus shín an rialtán chuige. Trasphlandú scamhóige. Cíocrach, sháigh sé ina dhraid é. Sruth cumhra ó pharthas anall. Dá dtuigfeadh daoine ní bhacfaidís le druga ar bith ach é. Níor choinnigh sise greim ar an bhfeadán ar eagla nach ngéillfeadh an faighteoir é. Rud a tharlódh…

'Bhraith mé níos aonaraí ná riamh i mo shaol,' ar sé. Meadhrán aoibhinn air i ndiaidh na hanála. Thug faoi deara nár ghlac sí puth go fóill. Caomhnú in aghaidh na héigeandála.

'Tá sé chomh maith agam a bheith anseo,' ar sí, go comhráiteach. 'Na hiriseoirí ag teacht tráthnóna…Tá's agat an bhean úd? Ní maith liom í. Beidh scéal aici…'

Bhí Brian fós ag smaoineamh air féin. 'Thuigeas nach ndéanfainn dearmad choíche ar an uaigneas úd…Dá dtiocfainn slán.'

'Tiocfaidh. Ní fada go mbeidh Steve…'

'Ar éigean atá Steve ar thalamh tirim go fóill. Mholfainn duit gan feitheamh. Lise! Ordú crua duit! Gread leat! Beadsa go breá i m'aonar…' Ar tí a rá go raibh sí ag truailliú aeir.

'Agus céard faoin uaigneas úd?' Gan meáchan ar bith lena guth. Ar nós cuma liom. An t-am á mheilt. É á choinneáil ó scaoll.

'Ná bac leis an uaigneas. Réiteoidh mise é…amach anseo. Shocraíos i m'intinn nach mbeinn i m'aonar choíche ar an dóigh sin.' Anáil chreathach. An rialtán aige fós faoi mar a bheadh píopa, á choinneáil. Ghéill sé é.

'Tá's agat go bhfuil mac agam? Tá's ag gach duine… Bhuel, rachad ar a thóir.' Ag guí a bhí sé, os ard, ar bhealach éigin.

'Buíochas le Dia. Shíleas gur ceiliúr pósta a bhí á thairiscint!'

'Anois ó luann tú é…'

'Mo dhóthain den aonaracht agam féin, ach ní bheinn ag éirí as de bharr babhta uaimheadóireachta. Tá an t-uisce ag éirí. Blaisim i mo bhéal é.' Ag mungailt a cuid cainte, mar a bheadh sí ar tí dul a chodladh.

Sliogán uirthi. An masc fós ar a súile is a srón. A ghléas féin brúite in airde ag Brian chun fíor-radharc a fháil.

'Lise! Dúisigh! Ná tit. Tá's agam cad as ar tháinig tú…cad a tharla. Ní mise a scaoil do rún. Beidh siad ar mire ar ár dtóir i ndiaidh na heachtra seo. Pé rud a tharlaíonn…' lean sé air de shruth, 'is cuma céard é, beidh mise ar do thaobh. Bródúil asat. Má táimid le chéile, tacúil, ní bheidh seans acu scian a shá. Fillfidh an feall orthu. Tuigeann siad é sin. Mura mbíonn doicheall ann ní féidir leo dochar a dhéanamh…Má thagaimse slán, ní ligfidh mé d'éinne tú a ghortú.' Baol go raibh sé ag guí arís. 'Agus mura dtagaim slán, bead i m'aingeal coimhdeachta. Má tá a leithéid ann. Anois, gread leat, a deirim!' Sclogaíl sular chríochnaigh sé. Thairg sí an rialtán arís, is chreid sé go raibh aingil de shaghas éigin ann.

Bhí sí féin ag luascadh ina seasamh, gan ach brú na síleála ar a baithis á coinneáil in áit. Rop sé an rialtán as a lámh, chroith an t-uisce as is bhrúigh isteach ina béilín é. Choinnigh sé lámh le cúl a muiníl gur tharraing sí anáil ar deireadh. Bhí a corp leamh, scaoilte, ach bhraith sé an bhrí ag neartú inti. A ceann á croitheadh, ag iarraidh an gléas a dhiúltú. Bhí béalán maith curtha siar sular éirigh léi é a chur di.

A lámh thart timpeall uirthi, d'ísligh sé a ghreim gur aimsigh sé a coim. Na heiteoga fós ar na cosa aici, ba dheacair di seasamh cothrom a aimsiú. Bhí sí ag sleabhcadh arís, a béal san uisce. D'ardaigh sé í, an lámh eile faoina smig, gur chlaon a héadan iomlán as an uisce. Tuilleadh spáis. Níor aithin sé difear san aer plúchta ach bhí sé in ann análú gan smaoineamh ar an rialtán báite. An taoide ag titim, an leibhéal leis, aer á shú anuas trí mhionpholl éigin a bhí clúdaithe roimhe sin. Eanglach ina ghualainn, fuairnimh ina mhéara. Ach barróg an dá lámh uirthi, bhraith sé go bhféadfadh sé í a iompar tríd an gcarraig os a chionn dá mba ghá é.

'Ní mhairfinn ach gur thug tú aer dom,' ar sé.

'Beidh aiféala orm, is dócha.'